Peepshow in Kyiv

Olaf Goldammer, Jahrgang 1967, gelernter Rheinländer, ist seit 2005 berufsbedingt in Frankfurt wohnhaft und hier inzwischen weitgehend assimiliert.

Besuche in Krakau, von denen der erste besonders „verheerend" verlief, inspirierten den Autor seine Erlebnisse zu einem Roman zusammenzufassen. In einer Melange aus Wodka, Musik und Frauen nimmt der Autor seine Leser mit auf seinem Streifzug durch das polnische Nachtleben.

Aufenthalte in Jalta auf der Krim, noch vor der russischen Annexion, und Begegnungen während der Zugfahrt Simferopol – Kyiv regten den Autor zu seinem zweiten Roman an. Unerhörte Geschichten erlebt der Ich-Erzähler Silbermann auf seiner Zugreise und entdeckt die russische Seele (oder das, was der Autor dafür hielt). Die durch seine realen Kontakte und Beziehungen nach Kyiv und nach Jalta gewonnenen Einblicke bringt der Autor in seiner Maidan-Erzählung zusammen und lässt den Leser die Ereignisse um den Euromaidan aus nächster Nähe mitverfolgen. Die Zugfahrt wirkt wie eine Erinnerung an eine vergangene Zeit, die unwiederbringlich vorbei zu sein scheint.

Den aktuellen Roman verfasste Goldammer von Januar bis April 2022. Durch den russischen Vernichtungskrieg hat die Handlung plötzlich eine nicht gewollte und traurige Aktualität erlangt.

Bisher veröffentlicht:

Ein Wochenende lang Krakau, 2015, ISBN 978-3-7392-7252-8

Verloren in Kiew – Eine Krimreise ohne Wiederkehr, 2019, ISBN 978-3-7494-0333-2

OLAF GOLDAMMER

Peepshow in Kyiv

Bibliografische Information der Deutschen Nationalbibliothek:
Die Deutsche Nationalbibliothek verzeichnet diese Publikation in der
Deutschen Nationalbibliografie; detaillierte bibliografische Daten sind
im Internet über dnb.dnb.de abrufbar.

© 2022 Olaf Goldammer
Satz, Umschlaggestaltung, Herstellung und Verlag: BoD – Books on
Demand, Norderstedt
ISBN: 978-3-7562-9149-6

Inhalt

4. Januar 2022[1]

Господин Зильберманн?«

Zwei Männer im dunklen Anzug und mit stark getönter Brille kamen auf mich zu. Ich hatte den Kontrollbereich des Flughafens Kyiv-Boryspil verlassen und schaute mich gerade nach der Gepäckausgabe um. Die kyrillischen Beschriftungen waren vorherrschend, an der einen oder anderen Stelle waren unter den ukrainischen Bezeichnungen auch in kleinerer Schrift die englischen Begriffe geschrieben.

Immerhin war das hier der internationale Flughafen, der für die EM 2012, die gemeinsam mit Polen ausgetragene Fußballeuropameisterschaft, auf modernen Standard gebracht worden war. Es war ein neues Terminal gebaut worden. Das alte mir vertraute Terminal war abgerissen worden. Es war für den Massenflugverkehr kapazitätsmäßig einfach nicht mehr geeignet gewesen und hatte sich vermutlich auch nicht behelfsmäßig umbauen lassen. Das alte Terminal war noch aus dem Jahr 1965 gewesen und hatte auf mich stets den gleichen unterkühlten Eindruck gemacht wie die Grenz-

---

1   Die Datumsangaben über den einzelnen Textabschnitten markieren, wann ich die Abschnitte geschrieben habe, nicht die Zeiten der Handlung. Für den Zeitraum vor dem 24. Februar 2022 habe ich die Angaben nachträglich einfügt, auch um zu zeigen, wie sich meine Sichtweise mit Beginn des russischen Angriffskrieges sensibilisiert hat.

abfertigungsanlagen an der ehemaligen innerdeutschen Grenze. Es war früher, als die Abflughalle gebaut worden war, auch nicht geplant gewesen, dass der Eiserne Vorhang irgendwann fallen würde und Reisen zwischen Kyiv und Frankfurt genauso selbstverständlich würden wie Flugbewegungen zwischen Dortmund und Palma de Mallorca. Wer andererseits schon einmal die Kontrollprozedur an einem amerikanischen Flughafen durchlaufen hat, insbesondere nach den Ereignissen des 11. Septembers 2001, der weiß, dass es auch auf der anderen Seite des Atlantiks bei der Abfertigung und Kontrolle wenig freundlich zugeht. Vor allem unentspannt.

Ich weiß nicht, ob meine in Amiland gemachten persönlichen Erfahrungen beispielhaft sind oder doch nur von der Art einer höchst individuellen Laune des einem nicht wohlgesonnenen Schicksals, vielleicht auch in die Richtung einer sich selbst erfüllenden Prophezeiung gehen. Ich bin auf jeden Fall immer heilfroh, wenn ich die Leibesvisitation ohne größere Blessuren überstanden habe. Manchmal und zumindest im Land der unbegrenzten Möglichkeiten habe ich Angst, dass sich aufgrund eines falschen Blickes, einer (meiner) schwerfälligen Atmung, eines Seufzers, einer falschen Bewegung ein Schuss lösen könnte, im günstigsten Fall ist auch die überrumpelnde Anwendung des Polizeigriffs samt anschließendem Niederringen auf den Boden denkbar. Dazu kommt vielleicht noch ein in den Rücken reingedrücktes Knie oder ein unvorsichtig platzierter Kampfstiefel auf den rückseits gelegenen Rippen. Das ist mir noch nicht passiert. Aber ich habe schon in die Augen eines schwarzen Security-Mitarbeiters, vermutlich von der TSA, der US-behördlichen Transportation Security Administration, geschaut, der sofort die Hand an der Pistole hatte, als mir ein leichter Seufzer entfuhr, nachdem ich meinen Laptop von einem mit Handgepäckstücken überquellenden Beförderungsband vor dem freien Fall zu retten versuchte. Ich weiß nicht, was der Security-Mitarbeiter verstanden hatte oder glaubte, gehört zu haben. In jedem Fall schien ihm eine unmittelbare terroristische Bedrohung von meiner Person auszugehen, die gefahrenabwehrende Maßnahmen erforderlich machte. Gefühlt bin ich damals in New York verbal auf die Knie gegangen (und noch tiefer), um die Eskalationsspirale zu durchbrechen und weitere Schikanen oder eine kurzzeitige behördliche physische Festsetzung meiner Person zu vermeiden. Letztlich kann es aber auch sein, dass ich hier einer Überinterpretation erlegen bin, die sich aus meiner intensiv gepflegten Abneigung gegenüber der US-Kultur, oder besser dem American Way of Life, speist.

»да.« Mehr sagte ich nicht. Ich wusste nicht, was und warum auch. Mit den beiden Herren war ich nicht verabredet. Ich hatte Sveta erwartet.

»We, must please, ask you to come with us.«

Was war passiert? Üblicherweise holte mich Sveta vom Flughafen ab. Das letzte Mal, dass ich sie mit dem Flugzeug in Kyiv besucht hatte, lag allerdings auch schon fast zehn Jahre zurück. Ich konnte damals noch kein Russisch, also gar kein Russisch. Jetzt konnte ich mir wenigstens ein Taxi bestellen, eine Fahrkarte kaufen, nach dem Weg fragen, ein bisschen was erzählen oder einen Witz über den Präsidenten reißen, einen Trinkspruch ausbringen. Letzteres ist wichtig, Details hatte ich oft den Dolmetschern überlassen, aber ein passender Trinkspruch in der Landessprache zeigt doch, dass man sich den Menschen und dem Land verbunden fühlt, dass man selber eine Meinung hat und die wichtigen Dinge ausdrücken und auf den Punkt bringen kann.

Ich vermute, meine freudige Erwartung, meine leichte Unsicherheit, ob das Wiedersehen gelingen würde, meine Zufriedenheit, die Reise überhaupt angetreten zu haben und Sveta zu treffen, alle diese Stimmungen und Gefühle bestimmten meinen Gesichtsausdruck oder hatten ihn zumindest so lange geprägt, bis die beiden in dunklen Zwirn gekleideten Herren auf mich zugesteuert waren und mich ansprachen. In diesem Moment verzog sich meine Miene vermuteterweise wohl schlagartig. Sorgenfalten und Angstschweiß auf der Stirn, ein entsetzter, leerer und im Nirwana mündender Blick, so ähnlich muss ich die beiden Männer angestarrt haben. In einem Mix aus Englisch und Russisch fuhren sie fort:

»Wir sind von der Polizei der Oblast Kyiv. Es geht um Sveta Marukova. Mehr können wir Ihnen hier und jetzt nicht sagen.«

»Bitte erklären Sie mir. Warum ist Sveta jetzt nicht hier? Ist was passiert? Was ist passiert?«

»Kommen Sie bitte mit. Wir fahren zu der Wohnung von Frau Marukova. Es gibt dort einen Dolmetscher. Haben Sie Gepäck? Mehr als Ihren Handkoffer?«

»нет. Это все.« Ich schüttelte den Kopf. Ich versuchte den beiden entgegenzukommen. Ihr Englisch war holprig gewesen. Ein bisschen wie mein Russisch. Man konnte immer etwas sagen, aber ob es dann so verstanden werden würde wie etwas in der eigenen Muttersprache Gesagtes oder eben einer Sprache, die man fließend sprach, das war ungewiss. Manchmal kam etwas Falsches oder auch nur Irritierendes heraus. Diese Blöße wollten sich die beiden Polizisten – ich glaube, es waren Polizisten, sie konnten auch vom Geheimdienst sein – nicht geben.

Die Struktur der ukrainischen Polizei war im Umbruch. Nach dem Sturz von Janukowitsch und seiner Flucht zu seinen Freunden nach Russland war das Land übergangsmäßig von dem Ministerpräsidenten Jazenjuk regiert worden. Die Westorientierung war schon absehbar, zumindest aus Moskauer Perspektive als unabwendbar befürchtet worden. Als Folge war Anfang März 2014 auch die Krim erst durch grüne Männchen besetzt und dann ganz offiziell durch Putin annektiert worden. Die Polizei hatte Janukowitsch lange die Stange gehalten. Die Struktur war unübersichtlich gewesen. Vermutlich war sie das jetzt immer noch. Denn so klar die Notwendigkeit bestand, die Polizei zu reformieren und sie demokratischer auszugestalten, so klar war auch, dass eine Umgestaltung nicht von heute auf morgen zu bewerkstelligen war. Die alten Kader und Seilschaften hatten ja mit dem Sturz Janukowitschs nicht aufgehört zu existieren. Es war nie ganz klar, wie viel Geheimdienst in der Polizei steckte, zumindest nicht diesem Augenblick, wo ich am Flughafen Boryspil in Kyiv angekommen und von den beiden Männern mehr oder weniger zu deren Begleitung gezwungen wurde.

Umbrüche sind immer auch Zeiten, in denen sich Gelegenheiten für Kriminelle oder Gelegenheitsdiebe auftun. Die alten Strukturen sind zusammengebrochen, die neuen noch nicht nachhaltig und unumstößlich aufgebaut. Man braucht da gar nicht zuallererst in den Osten zu schauen oder in die Bananenrepubliken dieser Welt, wie es sie in der Karibik oder in Afrika gibt. Man denke da an den Sturm aufs Capitol im Vorfeld des Amtsantritts von Präsident Biden, als der Verbrecher und Hochstapler D. Trump seine Waffenbrüder zum Aufruhr anstachelte. So war es eben auch jetzt möglich, dass Kriminelle unter dem Schutzschirm der staatlich legitimierten Polizeiorganisation ihr eigenes Süppchen kochten und irgendwelche Schutzgelder – in diesem Fall von mir – eintreiben wollten. Für was, wusste ich nicht. Erpressungspotenzial besteht eigentlich immer.

Da üblicherweise nicht mit offenen Karten gespielt wird, ist immer ein vorsichtiges Vorantasten durch die betroffene Zielperson notwendig. Wenn man kann, entzieht man sich der Schlinge, die schon aufgehängt ist und darauf wartet, zugezogen zu werden. Ich erinnere mich an einen Ausflug mit Sveta auf der Krim, als wir in eine Art privates Taxi eingestiegen waren. Nachdem wir auf der Rückbank saßen, setzte sich zunächst links eine kräftige Person zu uns, sodann wurde rechts die Tür von außen geöffnet und vermutlich hätte uns der bullige Türöffner dann in der Mitte eingequetscht, wenn ich nicht geistesgegenwärtig und für den vierköpfigen

Fahrdienst überraschend die offene Tür zur Flucht ergriffen und Sveta mit meiner linken Hand etwas unsacht herausgezogen hätte.

Im Augenblick brächte eine Flucht von mir wohl nichts, vermutlich waren die beiden näher an Sveta dran als ich und sie würden mich wohl auch zu ihr bringen, für welchen Preis auch immer.

Ich fühlte mich immer noch etwas überrumpelt von der Situation in diesem Moment, in dem ich zwischen den beiden Herren in Richtung Ausgang des Flughafens lief. Andererseits hatte ich nun Zeit zum Überlegen, denn wegen der bestehenden Sprachbarrieren redeten die beiden ja nicht mit mir und ich nicht mit ihnen. Irgendetwas musste mit Sveta passiert sein. Und vermutlich nichts Angenehmes. Vielleicht hatte man es aber auch auf mich abgesehen. So richtig konnte ich mir keinen Reim darauf machen. Vielleicht war unser Mailverkehr, also der von Sveta und mir, von dritter Seite mitgelesen worden. Wir beide hatten uns dort immer ausgetauscht und mit unseren politischen Ansichten nicht hinter dem Berg gehalten. Ich wusste, dass die Ukraine keine reibungslos funktionierende Demokratie war, aber sie war auch keine Diktatur wie die Sowjetunion unter Stalin oder wie Russland sich nun unter dem KGB-Spion Putin zu entwickeln drohte. Meine Erfahrung war, dass man viel sagen konnte, auch gegen den Präsidenten, es gab ja auch Zeitungen, die den Präsidenten kritisierten. Meistens gab es einen mächtigen Oligarchen im Hintergrund, der die Zeitung stützte. Und solange die Zeitung dem Präsidenten oder den Oligarchen gegenüber nicht zu kritisch wurde, ließ man die Zeitung gewähren.

Gelegentlich wurden auch einzelne Journalisten beseitigt, um einer Zeitung Grenzen der Meinungsfreiheit aufzuzeigen. Im Allgemeinen gab es in der Ukraine immer auch kleinere Scharmützel, aber es wurde nie so mit harter Hand oder mit dem Schlagstock und auch nicht – gelegentlich – mit der Giftspritze durchregiert wie im Reich des russischen Bären.

Je länger die beiden schwiegen und je mehr Zeit ich hatte, über die Situation nachzudenken, desto unruhiger wurde ich. Es fiel mir ein, dass Sveta früher schon einmal vom Geheimdienst erzählt hatte, der sie angesprochen hatte. Ich hatte nicht weiter nachgefragt, war mir aber auch sicher gewesen, dass sie sich auf die Schlapphüte nicht eingelassen hatte. Schlapphüte ist vermutlich nicht der richtige Ausdruck. Seinem Wesen nach hatte der ukrainische Geheimdienst mehr gemein mit dem KGB und stand der Gestapo näher als beispielsweise die Spitzel im gut bekannten Bundesnachrichtendienst in Deutschland.

Ich glaube, ich hatte die Vorstellung in gewisser Weise auch als spannend empfunden, dass Sveta vom Geheimdienst angesprochen worden war. Der Umstand rückte sie ein wenig in die Nähe einiger der heißen Bondgirls, die auf 007 angesetzt worden waren und als Köder dienen sollten. Rein optisch hätte Sveta die Rolle durchaus spielen können, wie gesagt, charakterlich traute ich Sveta den Verkauf ihrer Seele eigentlich nicht zu. Ich glaube, sie wollte immer das Gute.

Wenn man sich Berichte von nach der Wende enttarnten inoffiziellen Mitarbeitern der Stasi anhört, dann handelt es sich bei den IMs sehr oft eben nicht ausschließlich um fiese Charakterschweine. Vielmehr waren sich einige der zu Spionagezwecken Angeworbenen anfangs nicht der Folgen ihrer in ihren Augen belanglosen Zusammenarbeit mit der Staatssicherheit bewusst und ließen sich dann von ihren Kontaktpersonen immer weiter einwickeln. Das soll keine Rechtfertigung sein. Am besten lässt sich das vielleicht an den zwei Millionen Alkoholkranken in Deutschland erklären – auch wenn der Vergleich zugegebenerweise mehr als hinkt: Jeder von ihnen hat mit einem harmlosen Bierchen oder Likörchen angefangen und nachher haben sie die Kurve nicht mehr bekommen.

Die beiden führten mich über den Vorplatz des internationalen Terminals zum Parkplatz und dem dort von ihnen geparkten Mercedes. Eine Typenbezeichnung fehlte. Die Karosse war aber wohl jüngeren Datums und hatte vermutlich ihrer Größe entsprechende PS aufzuweisen, um in den passenden Momenten kräftig durchzustarten.

18. Januar 2022

Im Wagen wartete schon ein Fahrer. Von den beiden stieg der Größere vorne ein, der etwas Kräftigere, aber mit den kürzeren Beinen, setzte sich zu mir auf die Rückbank. Die Kindersicherung schnappte sofort ein.

Ich wäre wohl nicht geflohen. Wohin auch. Ich kannte das Haus, in dem wir, also Sveta und ich, bei längeren Aufenthalten öfter ein Apartment angemietet hatten, das in einem der oberen Stockwerke des Hochhauses gelegen war. Den Schlüssel bekamen wir oder Sveta immer von der Nachbarin. Ich nahm an, wir würden auch diesmal hier absteigen. Bei meinem letzten Besuch, der vorvergangenen Herbst stattgefunden und wegen verschiedener Komplikationen abrupt und vorzeitig geendet hatte, hatte ich in einem Hotel in Podil übernachtet. Das wäre aber wohl zu klein für uns beide und auch für das geplante verlängerte Wochenende ungeeignet.

In meinem Kopf kreisten weiter die Gedanken. Ich konnte keinen meiner Gedankengänge zu Ende bringen. Alles war im Prinzip möglich. Natürlich nicht alles gleichzeitig. Aber es war auch müßig, sich weiter zu überlegen, was wäre wenn. Ich atmete tief durch und redete mir ein, dass es besser wäre abzuwarten und nicht durchzudrehen. Vermutlich bräuchte ich einen klaren Kopf, wenn ich besser über die gegenwärtige Situation Bescheid wüsste. Es ist überflüssig zu sagen, dass ich trotz des Vorsatzes dennoch nicht einfach an nichts denken konnte, auch wenn ich mir überlegt hatte, dass es das Beste wäre und vor allem das Sinnvollste.

Der Typ neben mir legte seine Hand auf meine Schulter. Ich blickte kurz zu ihm seitlich auf. Mit der anderen Hand machte er eine beruhigende Geste. Er drückte die Hand mit der Handfläche nach unten über seinem Knie nach unten, ohne sein Bein zu berühren. Zur Verstärkung und wohl auch, weil er sich nicht sicher war, dass ich seine Gestik verstanden hatte, nahm er die andere Hand, die gerade noch auf meiner Schulter gelegen hatte, hinzu und wiederholte beidseitig die Handbewegung.

Wir fuhren über die E40, die in der Ukraine unter anderem den Flughafen mit der Hauptstadt verbindet, Richtung Innenstadt. Links und rechts der Straße waren mittlerweile eine Reihe von Gewerbegebieten entstanden, aber auch Wohnbebauung. Wer hier wohnte, war wenigstens gut angebunden (was einem aber auch nur dann wirklich nutzte, wenn man nicht an das andere Ende von Kyiv beispielsweise täglich zur Arbeitsstelle musste).

Ich konnte nicht sagen, was im Einzelnen neu gebaut worden war. Kyiv war ein teures Pflaster geworden. Ein Großteil der Bevölkerung wohnte zur Miete, üblicherweise in Mietskasernen, die in den späten 60er und 70er Jahren errichtet worden waren und in deren Erhaltung seitdem nur wenig oder gar kein Geld gesteckt worden war. Der Fokus der sozialistischen Wohnraumbewirtschaftung lag bis zum Niedergang des Kommunismus in allen Ostblockländern auf der Neuerrichtung und nicht auf nachhaltiger Substanzerhaltung. Nur wenige konnten sich den Kauf einer Wohnung leisten. In manchen Fällen waren allerdings die bisherigen Mieter auch ohne ihr eigenes Zutun Eigentümer der von ihnen gehaltenen Wohnung geworden, dann aber meist in einer eher zwanghaften und für sie unvorteilhaften Weise. Weil die ordnungsgemäße Instandhaltung einer Liegenschaft wirtschaftlich oft nicht mehr tragbar war und den staatlichen Wohnungsgesellschaften zudem auch das Geld für Investitionen fehlte, wurden Wohnungen für einen symbolischen Preis von wenigen hundert Hrywna an die jeweiligen Bewohner übertragen. Im Grunde wäre oft eine Vollsanierung notwendig gewesen oder ein Abriss. Aber die Leute mussten ja irgendwo wohnen und dann wohnten sie dort eben in einer Art Selbstverwaltung. Aufzüge waren – wenn sie ausgefallen waren – meist längere Zeit nicht für die gedachten Zwecke nutzbar, was für Bewohner oberhalb des zehnten Stockwerks besonders unangenehm war. Immerhin wurden die Wohnungen mit Fernwärme beliefert, so dass nicht funktionierende Heizungen in der Regel nicht das Problem darstellten.

Wir fuhren die vierspurige Uferstraße entlang. Das Apartment, das Sveta und ich in der Vergangenheit öfter gemietet hatten, war in einem zwanzigstöckigen Hochhaus in der vorletzten Etage. Es war direkt an der Uferstraße gelegen, unweit der Bootsanleger, von wo aus die Ausflugsdampfer dann den Dnipro hinauffahren. Solch eine Tour hatten wir in der Vergangenheit auch schon einmal gemacht. Der Dnipro ist hier teilweise bis zu einem Kilometer breit, mehrere Inseln werden von dem Strom umschlossen. Alles wirkt sehr weitläufig, auch weil die Inseln unbebaut und parkähnlich gestaltet sind. Auf der anderen Seite des Ufers stehen noch grüne Wälder, inmitten dieser neu errichtete – vermutlich hochpreisige – Wohnhochhäuser. Es ist kein Urwald, aber die Stadt hatte sich wohl in der Vergangenheit dazu entschieden, hier nicht so nah an das Ufer zu bauen, so dass Hochwasserkatastrophen, wie wir sie etwa in Köln und an der Mosel regelmäßig kennen, selten vorkommen.

Möglicherweise hält der oberhalb der Stadt gelegene Stausee, das Kyiver Meer, bei starken Regenfällen und Schneeschmelze auch einiges zurück oder der Dnipro sucht sich schon vorher in den Dnipro-Sümpfen seinen Weg außerhalb des originären Flussbettes und versumpft dort. Das habe ich im Einzelnen nicht recherchiert.

Die übrigen Häuser an der Uferstraße waren nicht so hoch, allenfalls sieben Stockwerke, so dass »unser« Haus als Solitär herausragte. Städtebaulich kann man das unterschiedlich beurteilen. Der Ausblick von dort oben war jedenfalls immer grandios gewesen und würde es diesmal wohl auch wieder sein.

Der Solitär war einigermaßen in Schuss. Das Haus war wohl nicht im Rahmen einer wie oben beschriebenen Zwangsprivatisierung an die Bewohner verkauft worden. Die jetzigen Eigentümer hatten ihre Wohnungen freiwillig erworben. Es gab wohl eine funktionierende Eigentümergemeinschaft, an die die Eigentümer in Höhe ihrer jeweiligen Miteigentumsanteile regelmäßig Beiträge entrichteten. Diese wurden dann insbesondere für das Gemeinschaftseigentum genutzt wie Fahrstuhl, Treppenhaus, Dach, wahrscheinlich auch für eine regelmäßige Reinigung. Das sah man dem Haus optisch an. Ich denke, es war nie so weit heruntergekommen wie die beschriebenen kommunalen Mietskasernen und wurde dann – mutmaßlich – durch die Eigentümer, die sich ja selbst auch in ihrem Haus wohl fühlen wollten, weiter aufpoliert. Die von uns gemietete Wohnung – es war eher ein Apartment mit großem Wohnraum, Küche und Bad – gehörte meines Wissens den Nachbarn, wo wir immer den Schlüssel abholten. Es schien mir ein gutes Investment, denn die Wohnung ließ sich für einen guten Preis vermieten. Jedenfalls, wenn andere Gäste genauso viel bezahlten wie ich.

Wohnraum und Küche hatten Fenster, die zum Fluss und der Uferstraße ausgerichtet waren. Beim Frühstück hatten wir von der Küche immer ins Grüne blicken können und auf den Uferstrand der gegenüberliegenden Insel. Einmal hatten wir uns bei Sonnenschein spät nachmittags auch dort hingesetzt und einen Sekt geschlürft. Wie man das bei gutem Wetter auch an der Elbe macht oder am Rhein. Damals war der Uferstrand der Insel touristisch nicht ausgebaut, auch am gegenüberliegenden Ufer waren nur wenige Imbissbuden gewesen, die allerdings eher den Charme einer Thüringer Rostbratwurstbude vor einem Möbeldiscounter versprühten, als dass sie das gewesen wären, was man heute gemeinhin als Erlebnisgastronomie bezeichnet. Wahrscheinlich war der Aufwand für viele Kyiver zu groß, um wochentags auf die Insel zu gelangen, einen Fahrradweg dahin hatte es auch nicht gegeben. Ein Auto hatte wiederum nicht jeder zur Verfügung, und so verschlug es immer nur einige Einzelgänger auf die Insel oder zwei wie uns, die im Sand sitzen und sich das Wasser um die Füße spülen lassen oder sich im Gras vergnügen wollten. Angler waren manchmal auch da. Die nehmen für einen dicken Fisch weite Wege auf sich.

Wie es heute ist, weiß ich nicht.

Sveta hatte das Apartment einige Male angemietet. Es war zentral gelegen und wir waren hier für uns gewesen. Unten gab es einen Lebensmittelladen, an einem anderen Stand konnte man Toilettenpapier und Seife kaufen. Supermärkte, wie sie in Deutschland seit Anfang der 70er Jahre üblich waren, gab es nicht. Für weitere Dinge des täglichen Bedarfs wie Strumpfhosen oder Kaffee musste man auf die zentralen Bahnhofsvorplätze. Natürlich gab es mittlerweile auch die großen Einkaufszentren an wenigen zentralen Plätzen und auf der grünen Wiese, aber wer kein Auto hatte oder das Toilettenpapier kurzfristig benötigte, der griff auf die private Ständeorganisation zurück.

Das Wohnzimmer verfügte über eine ausklappbare Couch, die uns immer als Bett diente, einen kleinen Esstisch am Fenster mit zwei gepolsterten Stühlen, einen Sessel, der zwischen Fenster und Bett stand, einen Kleiderschrank an der Rückwand des Raumes und ein Sideboard, das an der Längsseite und in gleicher Höhe wie das Bett aufgestellt war. Insgesamt waren die Möbel großzügig angeordnet.

Landestypisch war über dem Bett, das ja in seiner originären Funktion als Couch fungierte, ein großer Wandteppich angebracht.

Bei uns in Deutschland sind Wandteppiche die Ausnahme, Bilder schmücken öfter die Wände. Während in Deutschland spätestens seit den Siebzigern der Trend zu mehr Sachlichkeit geht und zu klaren Strukturen, sind die Wohnzimmer im Osten Europas und im slawischen Raum eher überladen – jedenfalls nach meinem Urteil. Das Überladensein kann aber auch einfach daher rühren, dass die Räume und die Wohneinheiten ganz generell kleiner geschnitten waren (und heute meist noch sind). Auf 45 Quadratmetern oder wenig mehr wohnte eine vierköpfige Familie. Zwei Kinderzimmer, das Wohnzimmer diente in der Regel gleichzeitig als Schlafzimmer mit einem Wandbett. Unter der Annahme, dass eine ukrainische Familie ähnliche Dinge im Wohnzimmer an der Wand hängen hat und den Raum schmücken möchte wie eine Familie in Deutschland, gilt es halt einen Setzkasten, Fotos der Verwandtschaft, ein Jagdhorn oder eine Kuhglocke, an der Decke ein Mobilé, mindestens ein gemaltes Bild und eben einen größeren Wandteppich unterzubringen. Dazu kommen noch der Wohnzimmerschrank mit Vitrine, zumindest für das bessere Geschirr und Gläser, nicht zu vergessen eine Flasche guten Wodkas, ein Muskatwein aus Georgien oder eben von der Krim, die damals noch als Inland gegolten hatte, Kekse oder Pralinen. Außerdem das Wandbett oder besser Schrankbett, denn es sollte sich ja in die Wohnzimmerlandschaft einfügen, und vielleicht noch ein Schrank mit Büchern. Wenn man sich jetzt den Raum mit maximal 15 oder 16 Quadratmetern vorstellt, dann lässt sich leicht nachvollziehen, dass der Eindruck aufkommen kann, ein solcher Raum würde überladen wirken.

Die Fenster waren mit weißen Gardinen behangen und mit schweren tannengrünen bis zum Boden reichenden Übergardinen aus Samtgewebe. Für meine Begriffe waren Vorhänge im 19. Stockwerk nicht unbedingt notwendig. Es hätte kein Fremder in die Wohnung schauen können. Sveta konnte aber bei Tageslicht nicht besonders gut schlafen, und ich wusste ja auch, dass sie mit diesem Problem nicht die Einzige war. Jetzt Anfang Juni war die Helligkeit im Raum nicht nur ein theoretisches Problem. Wir waren auch schon einmal im Winter in dem Apartment gewesen; da hatten die Gardinen die Kälte von den Fenstern ganz gut abgehalten und optisch gaben sie dem Raum auch eine warme Atmosphäre. Passend zu den Wandteppichen.

Ich hatte das Apartment genau und fast bis ins letzte Detail vor meinen Augen. Ich nahm einfach an, wir würden auch dort wieder unsere Nächte verbringen. Das Auto fuhr immer noch in Richtung der von mir beschriebenen Unterkunft. Es war ein sommerlicher Tag. Jetzt mittags bestimmt über 20 Grad, wenn nicht sogar 25. Es war keine Wolke am Himmel. Vielleicht hatte ich auch deshalb an den Ausflug auf die Flussinsel gedacht. Wir hatten es uns damals auf meiner braunen Lederjacke gemütlich gemacht. Eine Decke hatten wir nicht dabei. Der Ausflug war auch eher spontaner Art gewesen. Ich hatte damals bei der Abreise nicht mit so warmen Temperaturen gerechnet und deshalb die rustikale Jacke zuhause eingepackt. Die konnte man im

Winter anziehen mit Pullover, aber eben auch im Frühjahr mit einem T-Shirt. Man konnte auf ihr picknicken und noch einiges mehr. Die Jacke hatte ich in Berlin gekauft. Ich glaube, ich habe sie immer noch. Sie ist aus äußerst dickem aufgerautem Leder. Wenn man sie mit anderen Lederjacken vergleicht, deren Material meistens feiner und glatter ist, dann könnte man denken, sie wäre von einem Elefanten. Natürlich weiß ich, dass sie nicht von einem Elefanten ist. Ich habe das immer gesagt, da kann man eine Zigarette darauf ausdrücken, und für die Jacke ist das ziemlich egal. Das war mir in Berlin wichtig gewesen, nachdem meine erste Goretex-Jacke, die für meine Verhältnisse sündhaft und übertrieben teuer war, bei einem Besuch in einer in einem Abbruchhaus gelegenen Kellerbar ein Brandloch bekommen hatte und damit für die weitere Nutzung insbesondere bei Regen unbrauchbar geworden war. Die Lederjacke hatte ich diesmal nicht mitgenommen.

Es waren warme Temperaturen vorhergesagt. Ich hatte versucht, mich diesmal etwas schicker anzuziehen, also Hemd mit Sakko und Trenchcoat oben drüber, was aber für das Wetter an diesem Tag zu warm war. Ich würde das Ganze gleich ausziehen und mir etwas Luftigeres anziehen. Der Trenchcoat hatte in mein Köfferchen nicht mehr hineingepasst.

31. Januar 2022

Von weitem sah ich das Hochhaus. Man konnte nicht direkt von der Straße einbiegen, sondern musste entweder vorher oder hinterher abbiegen und das Haus dann von der Rückseite ansteuern, wo auch die Parkplätze waren und auch die kleinen Läden, von denen ich gesprochen hatte. Ich wusste ja gar nicht, ob wir dort zusammen übernachten würden. Meine Lederjacke und das Picknick darauf und anderes mehr, was ich mit der Jacke und Sveta verband, hatten mich kurzzeitig abgelenkt. Wir waren jetzt fast da. Mein Herzschlag war deutlich zu spüren, der Puls spielte verrückt. Auf dem Parkplatz auf der Rückseite des Hauses waren zwei Polizeiautos geparkt und ein Rettungswagen. Vier Polizisten in Uniform riegelten den Weg zu der Vorderseite ab.

Wir hielten an. Ein Mann in Uniform und ein jüngerer Mann, vermutlich irgendwo in den Dreißigern, mit Nickelbrille und kurzärmligem Hemd kamen auf uns zu. Wir machten alle unsere Tür auf, nur der Fahrer machte keine Anstalten auszusteigen.

Der Mann mit der Nickelbrille platzierte sich auf der Seite, wo ich saß.

»Privjet, Mr. Silbermann. I am Bohdan Chilenski. I am sorry for the situation. We can't change it. I am going to translate, if you don't mind.«

»Guten Tag Herr Chilenski, was ist hier los? Bitte erklären Sie.«

Ich war inzwischen ausgestiegen und bat den Dolmetscher in Englisch um Auskunft.

»Herr Silbermann. Es tut mir leid für Sie. Ich wünschte, die Umstände wären angenehmer für Sie. Wie wir mittlerweile wissen, hatten Sie ein enges Verhältnis zu Frau Marukova. Sie können das bestimmt besser beurteilen als wir. Und ganz wichtig für Sie, es ist aber auch wichtig, dass Sie uns verstehen: Wir sind von der Polizei. Ich vermute, Sie hatten sich Ihre Ankunft anders vorgestellt. Sie wollten vermutlich angenehme Tage in Kyiv verbringen. Ich, ja wir, hoffen, dass Ihnen das in Zukunft auch noch einmal gelingen wird. Wir sind nicht vom SBU (Sluschba bespeky Ukrajiny). Die Ankunft und die Begrüßung durch die beiden Kollegen am Flughafen haben bei Ihnen vielleicht den Gedanken aufkommen lassen, dass es sich um eine Operation des Geheimdienstes handelt, weil die Kollegen auch in Zivil gekommen sind. Aber wir wollten Sie abholen, zumal das für Frau Marukova bedauerlicherweise unmöglich war. Wir wollen mit Ihnen sprechen. Wir wissen inzwischen vieles, das für Sie interessant sein dürfte, auch wenn und obwohl es die Situation jetzt nicht mehr ins Positive wenden kann. Vielleicht können Sie uns auch einiges erzählen, das uns in unseren Ermittlungen weiterhilft. Aber das ist natürlich freiwillig. Wenn Sie eine Pause brauchen, sagen Sie es bitte.

Frau Marukova ist tot. Sie ist erst heute Morgen gestorben. Sie ist nicht eines natürlichen Todes gestorben. Das nehmen wir jedenfalls an. Es kann aber auch alles ganz anders sein. Wir glauben, dass sie Selbstmord begangen hat, aber wir prüfen auch, ob ein Suizid möglicherweise nur vorgetäuscht wird. Immerhin sieht es nicht so aus, als ob sie sich ganz freiwillig dazu entschlossen hat. Das wissen wir aber noch nicht. Wir denken, dass sie erpresst worden ist. Einige Indizien haben wir schon.

Aber wir wollen natürlich auch wissen, wer hinter der Erpressung steht. Bevor wir uns aber auf diese Theorie konzentrieren, wollen wir alles in alle Richtungen abklopfen.

Wollen Sie sich erst einmal setzen und einen Schluck Wasser trinken? Wir könnten hier drüben an den Kiosk gehen. Ich möchte Sie noch nicht direkt an die Unfallstelle führen.«

Während Chilenski mir das alles erklärt hatte, waren wir schon einige Schritte gegangen und hatten uns etwas vom Parkplatz und der Absperrung entfernt. Er hatte dann auf den Kiosk gezeigt, und ich hatte auf seine Frage hin genickt. Ich fühlte mich schon einigermaßen mitgenommen. Vielleicht hatte er Recht, und es wäre gut, noch ein wenig zu reden, bevor er mir die Unglücksstelle zeigte.

Vor dem Kiosk war ein Plastiktisch aufgebaut. Man konnte da gut dran stehen und ein Bier trinken, was der ein oder andere Anwohner wohl auch üblicherweise machte. Wodka bot sich auch an. Da musste man nicht so oft aufs Klo und es gab mehr Prozente. Ich blieb beim Wasser.

Chilenski hatte mir eine kleine Wasserflasche geholt und für sich einen Kaffee. Nach dem Wodka hatte er gar nicht gefragt. Ich hätte das wahrscheinlich auch als unangemessen und unhöflich empfunden.

Ich hatte noch nicht viele Tote gesehen. Als mein Großvater starb, war ich noch zu klein gewesen. Meine Eltern entschieden, mir den toten Großvater nicht mehr zu zeigen, obwohl die Bestatter ja alles tun, um den Tod und den Verstorbenen friedlich aussehen zu lassen. Der andere Großvater war schon zehn Jahre tot, als ich auf die Welt kam. In meinem Haus in Berlin hatte sich mal jemand umgebracht. Nach drei Wochen war die Tür behördlich aufgebrochen worden. Die Toten, es war ein junges Liebespärchen gewesen, oder was von ihnen übrig war, hatte die Polizei abtransportiert. Es hatte dann Monate gedauert, bevor der Hausbesitzer einen günstigen Reparaturdienst für die Wohnungstür gefunden hatte. Der Geruch blieb monatelang im Treppenhaus. Wir hatten trotz eisiger Temperaturen draußen die Fenster aufgemacht. Der Hausbesitzer hatte sie dann wieder schließen lassen und die Griffe abmontiert. Irgendwer hatte schließlich mit einem dicken Stein für eine etwas bessere Belüftung gesorgt. Das half aber auch nur an der Stelle, wo die Frischluft hereinströmte. Erst nach der Mietkürzung wurde der Vermieter tätig. Der Geruch hat sich bei mir eingeprägt. Obwohl ich drei Stockwerke weiter oben wohnte und die Wohnungstür gut abgedichtet hatte, roch es auch in meinem Wohnungseingangsbereich nach Tod, präziser gesagt nach Verwesung. Da es sich um einen Altbau mit Doppelkastenfenstern handelte und die Isolierung entsprechend dürftig war, profitierte ich in den übrigen Räumen von einer guten Belüftung.

Eine Großmutter hatte ich langsam sterben sehen. Der Krebs hatte mehrere Organe befallen. Im Sarg sah sie besser aus, vielleicht auch deshalb, weil sie es geschafft hatte und zufrieden im Beisein ihrer Kinder eingeschlafen war. Natürlich hatten die Bestatter noch etwas nachgeholfen.

In Madrid am belebten Metro-Eingang Puerta del Sol sah ich am Abreise-Tag einen jungen Mann, der mit seinem Oberkörper an die Wand angelehnt war und der vermutlich nicht mehr lebte. Aus dem Mund lief Blut und aus den Augen auch. Alle Leute liefen vorüber, weil sie es eilig hatten, weil sie möglicherweise öfter mit solchen Bildern konfrontiert waren, vermutlich kümmerte sich die Gendarmerie auch vergleichsweise schnell, weil sie ja ohnehin in den Straßen der Hauptstadt dauerpräsent ist. Den ganzen Vormittag grübelte ich und bekam das Bild des jungen Mannes nicht aus dem Kopf. Danach war ich zugegebenerweise mit meiner Abreise beschäftigt, denn wegen eines Vulkanausbruchs in Island war der ganze europäische Flugplan durcheinandergeraten. Ich bekam dann noch einen Flieger nach Mailand. Von dort aus gingen Züge nach Deutschland.

An die Drogensüchtigen im Frankfurter Bahnhofsviertel habe ich mich gewöhnt. Ich meide die Straßen, in denen man über sie hinüberstolpert oder in liegengelassenes Spritzbesteck hineintritt. Einmal habe ich einen Junkie gesehen, da war der Kopf auf den Arm gefallen und bohrte die Spritze weiter in die Vene hinein. Es war nicht direkt zu erkennen, ob der Mann im Rausch war oder sich den goldenen Schuss gesetzt hatte. Solche Bilder sind ekelig, machen mich aber wegen der Ausweglosigkeit, des totalen Versagens der städtischen und allgemeinen Drogenpolitik sowie der mutmaßlich in gewisser Weise durch die Abhängigen auch selbst herbeigeführten Situation nur wenig betroffen. Das liegt aber vielleicht auch daran, dass ich niemand persönlich kenne, der in die Drogenszene unumkehrbar abgeglitten ist.

Das sind zusammengefasst die Erfahrungen, die ich mit dem Tod gemacht habe, mit dem Tod anderer. Einen eigenen Verkehrsunfall in meiner Kindheit, bei dem der Tod, mein Tod, zumindest während der 20 Tage der Bewusstlosigkeit für meine Eltern spürbar nahe war, habe ich trotz der eigenen Betroffenheit nicht so bedrohlich wahrgenommen beziehungsweise wahrnehmen können. Ein Autounfall auf der Autobahn, den ich mutmaßlich selbst verursacht hatte, ließ mich vor vielen Jahren so etwas wie eine Nahtoderfahrung sammeln. In den Sekunden, in denen ein anderes Auto in meine Beifahrertür hineinfuhr und ich die Scheinwerfer des anderen Wagens erst auf mich zukommen sah und dann die in die Mitte meines kleinen Renaults hereingedrückte Beifahrertür förmlich am Ellenbogen spürte, lief mein Leben im Schnelldurchgang vor meinem eigenen inneren Auge oder vermutlich doch nur im Gehirn ab. Aber wenn man selber bzw. die eigene Person durch den Tod plötzlich betroffen ist, nimmt man den Tod oder Beinahetod anders wahr, als wenn der Tod im Umfeld passiert. Ein langwieriger leidgetränkter Sterbeprozess ist etwas anderes.

1. Februar 2022

Nachdem wir erst etwas schweigend an dem Tisch gestanden hatten, ich einige Schlucke aus meiner Wasserflasche genommen hatte und Chilenski den Rest seines Kaffees hatte kalt werden lassen, holte er tief Luft und blickte mir fragend in die Augen. Ich verstand das so, dass er weitererzählen und mich hierfür um Erlaubnis fragen wollte. Ich nickte.

»Ich weiß nicht so recht, wie ich beginnen soll. Entschuldigen Sie, wenn meine Ausführungen etwas durcheinandergeraten. Ich versuche, Sie mitzunehmen. Aber es gibt Dinge, die kann man nicht richtig beschreiben und erklären, egal wo man anfängt.

Wir haben heute gegen Mittag einen Anruf von einem Autofahrer bekommen, der auf der Uferstraße stadtauswärts gefahren war. Im Moment des Vorbeifahrens war etwas Großes neben seinem Auto auf den Bürgersteig gefallen. Er, der Autofahrer, habe das zuerst gar nicht so wahrgenommen. Meist fahre er umsichtig, auch um Hindernissen, auf die Straße springenden Kindern oder Tieren rechtzeitig auszuweichen. Zumindest versuche er in solchen Situationen die Geschwindigkeit zu verlangsamen. Er hätte es bis jetzt immer versucht und auch geschafft. Aber Frau Marukova sei ganz plötzlich neben seinem Auto zu Boden geplumpst. Im ersten Moment habe er auch gar nicht gewusst, was da auf den Bürgersteig gefallen war. Er sei dann rechts herangefahren.

Einige Autos hinter ihm hätten zu diesem Zeitpunkt auch schon angehalten gehabt. Sie hätten den Sturz wohl besser beobachten können. Er sei dann zurückgelaufen und habe nach Rücksprache mit den anderen Beteiligten die Polizei gerufen.

Einige meiner Kollegen sind dann ganz schnell zur Unfallstelle gefahren. Frau Marukova muss sofort tot gewesen sein. Wie ich vorhin schon erwähnte, wir gehen davon aus, dass sie sich selbst aus dem Fenster im 19. Stock gestürzt hat. Wir glauben, dass sie erpresst wurde mit Bildern und Videos, auf denen auch Sie zu sehen sind. Deshalb haben wir Sie am Flughafen abgeholt.

Frau Marukova ist tot. Sie ist nicht auf ihr Gesicht gefallen. Man könnte denken, sie schläft. Ich weiß nicht, ob Sie es sich zutrauen, wenn Sie Frau Marukova noch einmal sehen wollen? Alles andere hat noch Zeit.«

»Ich weiß nicht, ob ich das schaffe. Aber ich will es gerne versuchen. Lassen Sie uns zu ihr hingehen. Bitte.«

Tausende Gedanken schossen mir durch den Kopf. Abermals. Es wäre wohl das letzte Mal, dass ich Sveta sehen könnte. Ich hatte mir das Treffen verständlicherweise anders vorgestellt. Ich hatte Sveta noch im vorletzten Herbst kurz besucht. Auch sie war älter geworden, aber weniger als die zehn Jahre, die wir uns davor nicht gesehen hatten. Das ist natürlich subjektiv. Vielleicht hatte ich einfach noch die Bilder im Kopf, als sie an der Ostsee in den Dünen auf Hiddensee posiert hatte.

Irgendwie hatte ich auch Angst, ganz furchtbare Angst. Sveta, zwölf Jahre jünger als ich, für mich immer Inbegriff der Jugendlichkeit, mit ihrem meist makellosen

Körper und mit den weiblichen Rundungen genau so, dass es meinen Idealvorstellungen entsprach, wie würde sie jetzt aussehen?

In manchen Phasen unserer Beziehung und insbesondere nach ihrem Ende hatte ich mir immer wieder einreden müssen, dass es auch andere Frauen gibt. Frauen, die ehrlicher sind, Frauen, die weniger kompliziert sind, Frauen, die von ihrem gesamten Erscheinungsbild und charakterlich attraktiver sind, Frauen, die objektiv besser aussehen. Nach Sveta befriedigte ich mich dann lange Zeit mit Frauen, die Sveta in einer oder mehreren Eigenschaften – oder soll ich sagen: Disziplinen? – eindeutig auf den zweiten Platz verwiesen.

Vielleicht wäre es doch besser, sie so in Erinnerung zu behalten, wie ich sie das letzte Mal gesehen hatte. Es gibt Menschen, erwachsene Menschen, die wollen einen Toten nicht mehr sehen, weil sie Angst haben, dass die schöne Erinnerung, die sie an den Verstorbenen haben, irreparabel gestört werden könnte. Ich weiß nicht, ob diese Menschen Unrecht haben. Noch weniger weiß ich, ob sie Recht haben. Und in diesem Moment wusste ich überhaupt nicht, was richtig wäre und was ich wollte.

Ich wusste ja, dass Sveta 19 Stockwerke nach unten gestürzt war. Wie kann da jemand so aussehen, wie er – oder sie in diesem Falle – noch zwei Minuten vorher im 19. Stock ausgesehen hatte? Chilenski hatte gesagt, sie sehe so aus, als ob sie schlafe. Er hatte sie aber doch nie gesehen, als sie schlief. Ich, ja ich, wusste, wie sie aussieht, wenn sie schläft. Einige Male hatte ich sie beziehungsweise ihren Körper, als sie schlief, mit meinen

Blicken abgefahren. Und damit die Beschreibung jetzt nicht allzu sehr ins Sexistische abgleitet, möchte ich mich doch auf ihr Gesicht konzentrieren. Das hatte meistens etwas von einem Engel, so friedlich sah sie dann aus, so zufrieden. Manchmal war in ihrem Gesicht auch etwas kindlich Schelmisches. Aber sieht jemand, der den Freitod wählt, im Moment des Sterbens glücklich aus? Vielleicht, wenn es eine Erlösung ist wie für unheilbar Kranke, denen selbst das Sterben eine Qual ist. Aber wenn sich jemand in den Tod stürzt, weil sie dazu getrieben wird, weil sie erpresst wird, weil sie bedroht, weil sie gemobbt wird, dann würde im Gesicht wohl keine Fröhlichkeit oder gar Glücklichkeit zu sehen sein.

Wir waren fast bei Svetas leblosem Körper angekommen. Einige Polizisten machten noch einige Fotos, wie sie da so lag. Zwei Hausschuhe lagen unweit von ihr. Etwas verstreut. Wahrscheinlich hatten sie sich während des Sturzes von ihren Füßen gelöst und waren dann – der eine oberhalb ihres Kopfes, der andere mehr bei ihren Füßen – auf dem Bürgersteig aufgekommen. Ein Laptop lag nach mehreren Seiten ausgebrochen neben ihr. Den hatte sie wohl mitgenommen, als sie sprang. Und wegen seines Gewichts war er dann mehr oder weniger direkt neben ihr aufgeschlagen. Svetas Kopf lag in einer Blutpfütze. Ich war vergleichsweise gefasst. Wahrscheinlich würde ich später erst richtig verstehen, was ich hier vor mir sah. Chilenski hatte mich ja etwas vorbereitet. Ansonsten sah Sveta eigentlich ganz gut aus. Sie war wohl mit dem Hinterkopf aufgekommen und starrte mich nun an. Die Augen waren weit aufgerissen. Die

Beine waren etwas angezogen, das linke mehr als das rechte und beide leicht verdreht. Vermutlich waren sie gebrochen. Die Arme waren irgendwie angewinkelt, ich denke, weil Sveta vorher den Laptop gehalten hatte. Sie hatte ein hellblaues geblümtes Sommerkleid an, nicht ganz so kurz, wie ich das von früher kannte. Der Saum war etwas hochgeschlagen, aber noch längst nicht unzüchtig. Ich glaube, Sveta lag immer noch in ihrer originären Landeposition da. Die Polizei hatte sie nicht groß hin- und hergeschoben. Das würde vielleicht noch kommen, um zu sehen, ob und in welcher Weise ein Fremdverschulden vorlag. So wie mir Chilenski geschildert hatte, verfolgten die Ermittler eine andere Spur. Ein wenig hatte er mir das ja auch schon mit dem Hinweis auf Fotos und eine mögliche Erpressung angedeutet und würde das später bestimmt noch detaillierter ausführen.

In meiner Vorstellung zog ich Sveta die Pantoffeln an, die sich beim Fall oder beim Aufprall offensichtlich von ihren Füßen gelöst hatten. Es waren rosa Plüschpantoffeln, die hinten offen waren und damit schon unter normalen Trageumständen gelegentlich vom Fuß abrutschten, wenn man nicht an ihren Gebrauch gewöhnt war. Die Wohnungen waren ab Mitte Mai nicht mehr geheizt und der Boden kalt, so dass die Mieter üblicherweise zumindest in den Morgenstunden Pantoffeln trugen. Für Gäste gab es auch immer ein Paar, damit auch ihre Füße nicht frieren mussten. Die Pantoffeln passten irgendwie zu der Sitte mit den Wandteppichen. Ich nahm an, dass Sveta wie gewohnt schon vorab in das Apartment eingezogen war und ihre Sachen hier für das verlängerte

Wochenende untergebracht hatte. Sie hatte es immer genossen, aus der vergleichsweise kleinen Wohnung ihrer Eltern für einige Tage auszuziehen und dann so viel Platz für sich alleine zu haben. Das war bei mir nicht anders. Als ich damals in Leipzig in einer kleinen Wohnung unterm Dach gewohnt hatte, freute ich mich immer auf die seltenen dienstlichen Auswärtsseminare, weil die Hotels üblicherweise mit einer großen Badewanne ausgestattet waren. Mindestens einen Abend knappste ich mir dann von dem gemeinschaftlichen Begleitprogramm für ein ausgiebiges Vollbad ab. In Berlin und später hatte ich meine eigene Wanne. Wenn sich Sveta ihre Pantoffeln anzog, hatte das immer eine große Symbolkraft gehabt und sollte heißen: Jetzt wohne ich hier. Ich bin hier zuhause.

Ich malte mir aus, wie Sveta zuvor in der Wohnung herumgeschlufft war mit ihren Pantoffeln und dem Sommerkleid. Früher hatte sie mal ein paar Blümchen auf den Tisch gestellt und ein Deckchen organisiert. Und auf jeden Fall würde sie sich ihren schwarzen Tee mitgebracht haben.

Ich war inzwischen etwas näher an Sveta herangetreten und wollte mich gerade niederhocken, um ihre Haut, ihr Gesicht, ihre Arme und Beine zu berühren, die Ende Mai noch ziemlich blass waren. Das Gesicht hatte schon einen leichten Teint von den ersten Sonnenstrahlen, als ein Polizist Arm und Hand zwischen mich und Sveta schob und mir bedeutete, dass ich nichts berühren sollte.

Chilenski kam schnell hinzu und schaltete sich ein: »Es tut mir leid, Sie dürfen nichts berühren. Für den

Augenblick jedenfalls. Später ergibt sich wahrscheinlich noch eine Möglichkeit, dass Sie Frau Marukova noch einmal berühren und sich verabschieden können. Wir wissen, dass sie Ihnen sehr nahe gestanden hat. Wollen Sie noch ein wenig verweilen, vielleicht ganz in Ruhe? Ich könnte Ihnen einen Stuhl holen. Später gehen wir noch in die Wohnung.«

Ich nickte und setzte mich auf den herbeigeschafften Plastikstuhl. Der stand in einiger Entfernung zu Sveta, damit ich die Polizei nicht bei ihrer Arbeit behinderte. Die Polizei, darunter wohl auch Leute aus der Spurensicherung und Rechtsmedizin, gingen wieder ans Werk. Wollte ich ihre Untersuchungen detailliert schildern, ich müsste mir einiges zusammenreimen. Ich schaute zwar zu ihnen und Sveta hinüber, aber ich sah durch sie geistesabwesend hindurch. Als mich Chilenski gefragt hatte, ob ich mit zu Svetas Leiche kommen und sie sehen wollte, hatte ich pariert und ja gesagt. Es war doch klar, dass ich Sveta sehen wollte und nicht einfach die Rechtsmedizin an Sveta herumwerkeln lassen wollte. In diesem Moment, wo ich auf dem Plastikstuhl Platz genommen hatte, sank ich innerlich in mich zusammen. Das Geschehene war unbegreiflich. Ich wusste auch nicht, ob ich glücklicher würde, wenn ich mehr über die Gründe für Svetas Tod wüsste. Chilenski hatte gesagt, dass sie mir später noch Fotos und Filme zeigen wollten und auch ihre Theorie erklären. Das würde aber doch nichts ändern. Sveta war tot. Ein paar hundert Meter weiter verlor sich die am Uferrand verlaufende Stadtautobahn in den grünen Hügeln, die den Dnipro auf dieser Seite des Flusses säumten und die so charakteristisch für die Stadt sind. Die Stadt war ja größtenteils auf den Hügeln gebaut worden, weil unten am Fluss schlichtweg der Raum für die weitere Entfaltung fehlte. Als ich das erste Mal in Kyiv gewesen war, hatte mich Sveta in Podil den Andreassteig, der Unter- und Oberstadt seit Jahrhunderten verbindet, hinaufgeführt. Abends waren wir dort in einem Kellergewölbe eingekehrt. Wegen des großen Gefälles oder – je nach Sichtweise – eher des steilen Anstiegs, wenn man von der Unterstadt kommt, muss man zum Erreichen des Kellergewölbes bis zu zwei, manchmal sogar vier Stockwerke in die Tiefe steigen. Das hängt immer davon ab, an welcher Seite des Gebäudes der Eingang gebaut ist. Kommt man von der Oberstadt und ist der Eingang auf Straßenhöhe, so kann es gut sein, dass auf der zur Unterstadt hin gelegenen Seite des Gebäudes die Straße, nämlich der Andreassteig, zwei Etagen tiefer verläuft. Je nach Lage und Beschaffenheit des Gebäudes sind also zwei Etagen zu überwinden, um das Café mit Außenterrasse zu erreichen, und weitere zwei Ebenen, um in den Keller zu gelangen. Im günstigsten Fall sind es nur zwei Treppen, die nach unten führen und die man später – vermutlich alkoholisiert – wieder nach oben klettern muss. Für den hiesigen Leser mag es leichter vorstellbar sein, wenn ich eine Ähnlichkeit mit den Elbterrassen in Blankenese konstatiere. Gleichwohl ist die Atmosphäre in einem hochpreisigen Blankeneser Ausflugscafé oder Edelrestaurant nicht vergleichbar mit der Heimeligkeit und dem urigen Flair, in die sich der Besucher einer solch beschriebenen Kellergastronomie eingewoben fühlt. Kerzenbeleuchtung und Öllampen drinnen und in historischen Kostümen aufwartende Türwärter, die nach dem Zugangswort fragen, damit nicht zu viele hergelaufene Touris die Atmosphäre in eine billige Stadionstimmung kippen, sind funktional und authentisch.

Historisch waren die ersten Fundamente der Stadt natürlich auch deshalb auf die Hügel gesetzt worden, weil sich von dort oben der Dnipro und die auf ihm im Mittelalter verkehrenden Handelsschiffe kontrollieren ließen. Die Ebene war weit einsehbar.

Von meinem Plastikstuhl aus konnte ich auf die schon erwähnte Insel im Strom sehen, auf der wir beiden den lauschigen Sommerabend verbracht hatten. Das meiste stellte ich mir in diesem Augenblick allerdings vor, denn ich konnte zwar das Grün auf der gegenüberliegenden Seite erkennen, aber eben doch nicht die ganze Insel oder das noch dahinterliegende andere Flussufer. Von meinem Plastikstuhl auf dem Bürgersteig, welcher nah am Hochhaus und zwischen diesem und der Stadtautobahn platziert war, war mir nur eine sehr spärliche Aussicht erlaubt.

Dennoch hatte sich mein Blick in der Ferne verloren, die in mir die Erinnerung an ungetrübtes Bade- und Strandglück, Svetas zarte Haut, ihren Busen, den sie während des Ausfluges und hier in der Stadt zunächst noch unter einem weißen Trägerunterhemd verborgen hatte, ihre kleinen Füße und Ohren und andere Teile ihres Körpers wachrief.

Ich hatte nun schon einige Zeit hier gesessen. Mein

Blick war irgendwie mehr in die Ferne geschweift, die ich gar nicht richtig erfassen konnte, als dass ich meine Augen auf Sveta und ihren leblosen Körper hätte richten können. In einigen Minuten würde wahrscheinlich Chilenski auf mich zukommen und fragen, ob ich mit in die Wohnung wollte.

5. Februar 2022

Herr Silbermann, wollen Sie nun mit uns in die Wohnung kommen? Hier neben mir, das ist Kommissar Mikhailyuk. Er leitet die Ermittlungen.«

Chilenski hatte freundlich mit der Hand auf den Kommissar gezeigt, der eine blaue Uniform trug. Die Uniform hatte etwas Matrosenhaftes. Dazu hatte Mikhailyuk ein Basecap aufgesetzt. Vorne war полиция zu lesen, und an der Seite war der Polizeistern angebracht. Das langärmelige Hemd war aus dunkelblauem festem Stoff genäht. Im Zuge der Polizeireform waren die Mitarbeiter neu eingekleidet worden, auch um nach außen hin zu zeigen: Wir sind die Polizei (dein Freund und Helfer), nicht vom Staatssicherheitsdienst und nicht vom Militär. In diesem Zusammenhang war den Mitarbeitern wohl auch vermehrt freigestellt, die bekannte Schirmmütze zu tragen oder das sportlichere Basecap. Ob der Schlagstock von den Polizisten mit Basecap freundlicher geschlagen wurde, wollte ich nicht wissen. In diesem Fall ging es ja nicht darum, mich zu verprügeln, sondern Svetas Tod aufzuklären. Ohne die Kopfbedeckung nun überzuinterpretieren, das Basecap hatte etwas Freundliches.

Vielleicht ein bisschen wie ein Klempner, die haben auch Basecaps auf und lösen im Idealfall ein beziehungsweise dein Problem im Bad oder in der Küche. Aus meiner Kindheit erinnerte mich vor allem, dass mich ein Polizist morgens auf meinem Weg zur Schule mehrfach ermahnt hatte, nicht auf dem Bürgersteig zu fahren. Der Polizist hatte eine grüne Uniform und die in den Siebzigern bekannte Schirmmütze an. Der Bürgersteig war frei gewesen und ich war acht. Vermutlich hatte der Polizist den Buchstaben des Gesetzes vertreten, obwohl es sich darüber streiten lässt, ob Kinder unbedingt auf der Straße neben Lastern fahren müssen. Wie gesagt, der Polizist in meiner Kindheit hatte die Schirmmütze aufgehabt und mir nicht wirklich geholfen.

Vermutlich hatte es in dieser Situation keinen Entscheidungsspielraum für ihn gegeben.

Ob jetzt Mikhailyuk ein kooperativer Typ war, würde sich zeigen. Letztendlich waren die Überlegungen zu der Kopfbedeckung nicht zielführend. Der schwarze Security-Mitarbeiter im New Yorker Airport hatte ja auch keine Mütze aufgehabt, trotzdem hatte ich fürchterlichen Respekt vor ihm und der Situation gehabt.

Mikhailyuk war um die vierzig, eher besonnen als Heißsporn. Das Gesicht war blass. Vermutlich kam er aus dieser Gegend und nicht irgendwie aus dem Süden oder vom Land. Auf dem Land hatten die Leute meist doch eine gesunde oder – aus dermatologischer Sicht – weniger gesunde Bräune von der Feldarbeit. Wer aber jetzt in Kyiv im Büro arbeitete und eben nicht bei jedem Wetter draußen sein musste, der blieb blass. Sveta war auch eher blass, und bei ihr fand ich das auch angenehm, irgendwie attraktiv. Warum mir in diesem Augenblick die Hautfarbe von Menschen durch den Kopf ging, warum ich hieraus Rückschlüsse auf ihre sexuelle Attraktivität zog, ich weiß es nicht. Ich hatte genauso Frauen mit

Teint oder dunkler Haut kennengelernt, meiner Begierde war das nicht abträglich gewesen. Wahrscheinlich hatte nichts mit dem anderen zu tun und schon gar nicht mit der Frage, wie sich Menschen im Bett und unter der Bettdecke verhalten. Svetas kleine, süße und wohlgeformte Ohren waren mir jedenfalls stets Symbol und charakteristisch gewesen für ihre Jugendlichkeit, ihre Sinnlichkeit, die Leidenschaft und Verspieltheit auf und unter der Bettdecke.

Nachdem ich aufgestanden war, hatte mir Mikhailyuk die Hand gedrückt, mir freundlich zugenickt und mich dann am Ärmel etwas von meinem Stuhl und von der Unfallstelle weggezogen. Er wollte mich dann in Richtung des Hauseingangs, der auf der anderen, der dem Fluss abgewandten Seite lag, leiten, aber ich ging ganz von alleine. Meine Schritte waren größer und schneller als seine, so als wollte ich ihm und Chilenski bedeuten: Los jetzt! Das war von meiner Warte aus nicht unhöflich gemeint, vielmehr war ich wohl wieder zu einer Art Automatismus zurückgekehrt. Dieser Modus hatte sich bereits vorher bei mir gezeigt und dann war ich wieder in eine Leere gefallen, Trance wäre hierfür nicht die richtige Beschreibung.

»Herr Silbermann, ich weiß nicht, was Ihnen Herr Chilenski schon alles erzählt hat, es kann sein, dass Sie einen Teil von dem, was ich Ihnen nun berichte, schon kennen.

Sie können dann einfach weghören oder Sie sagen mir einfach, dass Sie diesen Teil schon kennen. Aber ich will auch nichts vergessen, wenn ich denke, die Erklärungen können Ihnen und uns bei der Aufklärung und beim Verstehen helfen.«

Mikhailyuk sprach flüssiges Englisch, jedenfalls so, dass ich es verstehen konnte. Chilenski durfte dennoch mitkommen.

»Wir nehmen an, dass sich Frau Marukova selbst aus dem Fenster des 19. Stocks gestürzt hat. Die Kollegen sind oben in der Wohnung, und bisher gibt es keine Anzeichen für ein Gewaltverbrechen. Auf dem Tisch im Wohnzimmer haben wir einen Umschlag gefunden, Fotos von Ihnen und von Frau Marukova liegen daneben. Auf den meisten Fotos sind Sie beide, sagen wir, spärlich bekleidet. Einige sind wohl in diesem Apartment gemacht worden, bei anderen wissen wir nicht, an welchem Ort sie aufgenommen wurden. Wir hoffen, Sie können uns da weiterführende Informationen geben. Wenn Sie sich dazu in der Lage sehen. Wir glauben, dass die Fotos nicht das Primärmaterial darstellen. Vielmehr vermuten wir, dass es Ausschnitte aus umfangreichem Videomaterial sind. Vielleicht ist das der Grund dafür, dass Frau Marukova mit dem Laptop gesprungen ist. Wir haben die Experten der Abteilung der digitalen Forensik schon verständigt. Idealerweise haben wir heute Abend erste Ergebnisse. Wir haben im Augenblick, ja im Grunde genommen seit der Annektierung der Krim massive Cyberattacken auf unsere Systeme und die digitale Infrastruktur in unserer Verwaltung zu verzeichnen. Wir haben gute Leute, die für die Ukraine kämpfen, aber die Russen bezahlen einfach besser. Ich hörte, Sie arbeiten in der Bankenaufsicht, dann wissen Sie auch, wie schwierig es ist, denjenigen das Handwerk zu legen, die für das, was sie tun, tausendmal besser bezahlt werden als Sie oder Ihr Chef. So ist das auch bei uns, unsere IT-Feuerwehr kann nicht überall sein. Was ich ausdrücken möchte, unsere IT-Experten, und da gehört die Abteilung digitale Forensik organisatorisch dazu, sind vor allem mit den fortgesetzten Cyberattacken aus Russland beschäftigt. Nach dem Feierabend schauen sie dann bei uns vorbei. Viele von unseren IT-Kriminalisten haben bei der Polizei oder im Ministerium angefangen. Auch sie haben Familie oder eine Wohnung, die bezahlt werden muss. Also gehen die Guten von uns weg und lassen sich besser bezahlen. Die Kriminellen unter ihnen gehen in den Donbass oder direkt nach Russland.«

Mir schossen einige Bilder durch den Kopf. Wir hatten immer, egal wo wir waren, unzählige Fotos gemacht. Die digitale Fotografie war noch nicht erfunden gewesen oder zumindest nicht bei mir als Verbraucher angekommen. Ich hatte dann immer mehrere Fotos gemacht, aus Sorge, das eine oder andere Foto könnte misslungen sein. Letztendlich schaute Sveta aber auf allen Bildern gut aus, und so hatte ich, oder hatten wir, dann meistens mehrere Fotos von einem Motiv. Beispielsweise Sveta im Seidennachthemd auf dem Stuhl hockend und nach links schauend, Sveta im Seidennachthemd auf dem Stuhl hockend und nach rechts schauend. Sveta im Seidennachthemd auf dem Stuhl hockend und die Haare mit der einen Hand hinten zusammenhaltend, Sveta im Seidennachthemd auf dem Stuhl hockend und die Haare locker nach vorne geworfen. Dann Sveta auf dem Stuhl sitzend und die Beine in die Luft streckend, einmal mit umgeschlagenem Rock und einmal dezent. Die Fotos, die intimer waren, hatten wir aussortiert. Ich wusste nicht, wem Sveta die Aufnahmen hatte zeigen wollen, am liebsten hätte sie auch die entsprechenden Negative (der aussortierten Aufnahmen) vernichten wollen.

Ja, wir hatten viel fotografiert, aber wir hatten natürlich keinen Fotografen dabei. Das will man ja nicht. Das will keiner. Menschen, die in der Öffentlichkeit stehen, machen schließlich auch zur Eigenwerbung viele Fotos, die dann von Journalisten veröffentlicht werden. Im Einverständnis mit den Fotografierten. Und dann gibt es natürlich Fotos, wo ein Popel in der Nase hängt, ein Pickel nicht weggepudert ist, wo Mann sich am Sack krault oder Frau ausprobiert, wie kitzelig Igelrollen sind, wie es sich anfühlt, eine Zucchini in der Hose zu haben.

Es war immer ein wenig lustig gewesen und peinlich zugleich, wenn ich die Fotos im Drogeriemarkt abgeholt hatte. Dann war da eben das eine oder andere dabei, was eher in den erotischen Fotokalender gepasst hätte und das ich mir dann zur Kontrolle angeschaut hatte. Ich hatte öfter das Gefühl, neben mir stehende Personen hätten auch einen flüchtigen Blick auf die Bilder geworfen. An der Kasse wurde auch stichprobenhaft kontrolliert, und wenn die Fotos interessant für den Betrachter waren, auch länger. Später bin ich dazu übergegangen, mir die Fotos direkt nach Hause schicken zu lassen, und verzichtete dann auch weitgehend auf die Rückgabe von Fotos schlechterer Qualität.

Von diesen Fotos wusste ich natürlich, auch wenn

ich sie nicht im Einzelnen alle auswendig kannte. Aber vom Rest wollten wir keine Fotos machen und hätten ja im Übrigen auch nicht gewusst, wie. Es ist mir natürlich nicht entgangen, dass Menschen vor allem aus dem asiatischen Raum zwischenzeitlich ständig von einem Fotoapparat begleitet sind, den sie an einer Einhandfotostange halten, und damit eben auch Dinge ablichten, die wir, Sveta und ich, nicht auf Fotopapier sehen oder heutzutage im Netz verbreitet haben wollten. Ich bezweifele, dass sich bei dem Betrachten eines abgelichteten Sexualaktes bei dem Betrachter die gleiche hormonelle Explosion einstellt wie bei den dem orgastischen Höhepunkt zusteuernden Fotografierten.

»Sie haben ja den Laptop gesehen. Aber Festplatten sind üblicherweise doch sehr stabil. Die halten eine Menge aus. Unsere Leute von der digitalen Forensik werden versuchen, die Festplatte auszubauen und anderweitig zu starten. Womöglich gelingt auch der Zugriff auf das E-Mail-Account von Frau Marukova. So könnten wir sehen, wer sie erpresst hat und wie. Ob wir das allerdings schon heute Abend haben und mit Ihnen besprechen können, weiß ich nicht. Wann geht Ihr Rückflug? Ich hoffe nach wie vor, dass das hier Ihnen nicht alles zu viel wird. Wir haben ja nichts gegen Sie in der Hand, und wir verdächtigen Sie nicht. Sie sind frei. Aber wir denken, es ist auch in Ihrem Sinne, sich mit dem Tod von Frau Marukova auseinanderzusetzen und zu erfahren, wer da Fotos von Ihnen gemacht hat. Frau Marukova wird später in die Gerichtsmedizin gebracht. Da könnten Sie Frau Marukova noch einmal sehen und von ihr Abschied nehmen. Ich weiß nicht, ob Sie in der Vergangenheit schon einmal einer Leichenschau in der Gerichtsmedizin beiwohnen durften. Das ist sicherlich gewöhnungsbedürftig. Die Kollegen haben einen kleinen Andachtsraum eingerichtet. Dort können die Angehörigen dann kurz mit den Verstorbenen zusammen sein. Es kommt bei uns leider öfter vor, dass unbescholtene Bürger mit dem Verbrechen ungewollt und ohne ihr eigenes Zutun in Kontakt geraten. Wir machen da aber jetzt keinen großen Unterschied zwischen Toten durch Suizid, Gewaltverbrechen, Unfall. Das wäre zu kompliziert. Es kann auch sein, dass die Polizei später nochmal an die Leiche heranmuss. Wenn die Toten dann zu sehr aufgehübscht sind, kommen zu viele Fremdspuren hinzu. Ich hoffe, das ist Ihnen jetzt nicht zu technisch, ich erlaube mir aber einen kleinen Exkurs zur Bestattung. Bei uns in der Orthodoxie nehmen Freunde und Verwandte am offenen Sarg Abschied von den Toten. Am Beerdigungstag findet eine Messe statt, der Tote liegt aufgebahrt in der Halle, am Schluss können alle Menschen den Verstorbenen noch einmal berühren, bevor er zum Grab getragen wird. Das ist bei Verstorbenen, die in den Räumen der Gerichtsmedizin verfahrensbedingt einen Zwischenstopp einlegen müssen, manchmal etwas anders. Das hängt von dem Zustand ab, in dem die Leute bei uns eingeliefert werden, und natürlich auch von den Untersuchungen, die an dem Leichnam in Abhängigkeit von der vermuteten Todesursache vorgenommen werden müssen. Es gelingt den Bestattern dann hinterher nicht immer, den Leichnam so herzurichten, dass die Verwandten ihn noch bei der Messe aufbahren möchten. Wir können die Toten dann natürlich nicht mehr nach ihrer Meinung fragen, ich weiß, das klingt jetzt unter Umständen etwas seltsam, aber wir nehmen an, auch in ihrem Interesse zu handeln, also so, wie sie es unter Berücksichtigung ihres physischen Zustandes, wenn sie sich selber noch sehen könnten, vermutlicherweise gerne hätten. Beispielsweise nehmen wir an, dass ein partiell verwester Toter keine Aufbahrung während der Messe wünscht oder wünschen würde. Der Kompromiss ist dann die Aufbahrung in dem kleinen Andachtsraum hier bei uns in der Gerichtsmedizin. Wir müssen hier halt die Rituale der Orthodoxie mit den Notwendigkeiten einer angeordneten gerichtsmedizinischen Untersuchung in Einklang bringen. Die ukrainisch-orthodoxe Kirche kooperiert in dieser Hinsicht gut und verhält sich pragmatisch. Ich weiß nicht, wie das in Russland ist. Aber die russisch-orthodoxe Kirche und der Staat, ich meine Russland, das ist ein anderes Thema. Wir versuchen uns hier an demokratische Spielregeln zu halten, auch die Kirche. Hatte ich schon nach Ihrem Rückflug gefragt?«

Wir waren zwischenzeitlich am Hauseingang angekommen mit den vielen Hausklingeln. Es gab vier Wohnungen pro Etage, das war jedenfalls ursprünglich so eingerichtet gewesen. In unserem Fall war die Klingel nicht mehr aktiv. Die Wohnung wurde ja regelmäßig vermietet, und wer sie mieten wollte, musste bei den Vermietern klingeln. Die jeweiligen Mieter hatten dann eigene Schlüssel und nutzten diese dann in der vereinbarten Mietzeit auch. Welche Sonderregelungen auf anderen Etagen bestanden oder welche Umbauten dort vorgenommen worden waren, wusste ich nicht. Auf jeden Fall bestand das Klingelbrett aus 80 aktiven oder nicht mehr aktiven Klingelknöpfen samt Beschriftungen, die zu der jeweiligen Wohnung gehörten. Diese Beschriftungen enthielten meist nur eine Nummer. Besucher mussten wissen, zu wem sie wollten, und die Nummer kennen. Nach dem Namen suchen und dann klingeln, ging nicht. Im Erdgeschoss war meistens ein Raum mit Schiebefenster zum Eingangsbereich für einen Portier eingerichtet, der dann so ein bisschen kontrollierte, wer ins Haus hereinkam beziehungsweise hereinwollte. Manchmal waren auch irgendwelche Verschläge vor den eigentlichen Hauseingang gesetzt worden für den Portier oder, wie in unserem Fall, für eine Rentnerin, die sich durch ihre Tätigkeit ihre Rente etwas aufbessern wollte, wahrscheinlich eher musste. In unserem Fall war das Hausmeisterbüro direkt in den Eingangsbereich integriert worden und machte auch einen ordentlichen Eindruck.

Ich schreibe immer von uns, was für den Leser möglicherweise gewöhnungsbedürftig wirkt, denn das Apartment im 19. Stock, aus dessen Fenster sich Sveta nach den Berichten der Polizei heute Vormittag gestürzt hatte, gehörte weder uns, Sveta und mir, noch war sicher, ob ich dort, in dem Apartment, das wir in der Vergangenheit gemeinsam bewohnt hatten, überhaupt noch einmal übernachten würde. Ich hatte den Tod Svetas – so erkläre ich mir das – noch nicht verarbeitet und betrachtete die Dinge in einigen Phasen weiterhin so, als ob nichts passiert wäre. In anderen Momenten sah ich die Situation durchaus realistischer, denn es war ja klar, dass nichts mehr so werden würde, wie es in guten Zeiten war. Ich würde wahrscheinlich weder in dem Apartment übernachten und ganz sicher würde ich nichts mit Sveta unternehmen (können). Das UNS war also Vergangenheit, an die ich mich so sehr gewöhnt hatte.

»Mein Rückflug geht am Dienstag. Ich glaube, danach möchte ich auch zurück nach Deutschland. Bis dahin stehe ich für die Ermittlungen zur Verfügung. Vielleicht kann ich am Dienstagvormittag den von Ihnen erwähnten Andachtsraum besuchen. Ich müsste mir noch eine Unterkunft besorgen. Die Übernachtung hier in dem Apartment ist wahrscheinlich nicht sinnvoll. Kennen Sie ein Hotel? Am besten zentral, es kann sein, dass ich abends etwas Ablenkung brauche. Ich will nicht zu viel nachdenken müssen.«

»Wir haben da was, wir haben auch schon nachgefragt. Für heute und morgen ist auf jeden Fall etwas frei. Das kleine Hotel liegt am unteren Ende des Andreasstiegs. Das Zimmer ist nach hinten hinaus und ruhig, aber wenn Sie etwas Zerstreuung brauchen, haben Sie es nicht weit zu einem Lokal oder einer Kneipe. Ich gebe Ihnen auch mal meine Telefonnummer, für den Fall, dass Sie reden wollen und nicht mit jedem über sich und Sveta und den Grund Ihres Besuchs und Ihrer Anwesenheit sprechen möchten.«

Wir drängten uns in den Aufzug, der war für vier Personen ausgelegt, aber ich glaube, er wäre in der jetzigen

Situation auch zu eng gewesen, wenn ich alleine eingestiegen wäre. Der Aufzug ruckelte ein wenig. Selbst
wenn der Aufzug vermutlich nicht der schnellste seiner
Art war, so lange, wie ich die Fahrt empfand, dauerte sie
gewiss nicht. Zwei Aufzüge waren eingebaut. Für 300
Menschen, die in Spitzenzeiten in diesem Hochhaus gewohnt hatten, unter Umständen kapazitätsmäßig etwas
knapp. Aber der Sozialismus war ja kein Wunschkonzert
gewesen. In den Stoßzeiten konnte das dazu führen, dass
die Bewohner gelegentlich etwas warten mussten. Inzwischen wohnten viele Rentner in dem Haus, die mussten
nicht alle zur gleichen Zeit zur Metro oder zum Einkaufen. Als wir hier gewohnt hatten, hatten beide Aufzüge
stets einwandfrei gearbeitet. Wir hatten nie warten müssen. Chilenski und Mikhailyuk hatten im Aufzug nichts
gesagt; ich hatte das auch nicht von ihnen erwartet.

Die Tür zum Apartment stand offen. Die Tür zu den
Nachbarn, die immer den Schlüssel verwahrt hatten, war
geschlossen. Draußen und drinnen waren die Türen gut
schallisoliert, so dass man selbst auf dem Eingangsflur
nicht hörte, wenn draußen oder im Treppenhaus jemand
sprach. In den Wohnungen, die ich kannte, war drinnen
und draußen eine Lederpolsterung angebracht, die von
innen oft auch einen verzierenden Charakter hatte und
die vor allem ihren Zweck der Schalldämmung erfüllte.
Das war jetzt auch bei diesem angemieteten Apartment
am Ende der Вулиця Ігорівська (Igorivskastraße) der
Fall gewesen.

Wir quetschten uns an dem Polizisten im Eingangsbereich vorbei. Im Wohnraum war ein weiterer Polizist,

der einen weißen Schutzanzug trug, damit beschäftigt, verschiedene Gegenstände aus dem Raum und solche am Boden zu fotografieren und zu registrieren. Außerdem sammelte er mit einer Pinzette Proben ein.

Der Raum sah so aus, wie ich ihn in Erinnerung hatte. Größere Veränderungen waren seit meinem letzten Aufenthalt nicht vorgenommen worden. An der Wand klebte immer noch die beigefarbene Tapete mit pastellgrünem Blumenornamentmuster und den goldenen Blüten. Die Tapete war vermutlich nicht aus den 70er Jahren. Vielleicht war sie erst vor 15 oder 20 Jahren angebracht worden, als die Vermieter die Wohnung erworben hatten. Auch wenn der Sozialismus und die Planwirtschaft offiziell in den 90er Jahren beendet waren, so hieß das noch lange nicht, dass in den Läden aktuelle Ware verkauft wurde oder Trends so oft wechselten wie im konsumfreudigen Westen. Das Sofa war ausgeklappt und zu einem Bett hergerichtet, darüber hing der Wandteppich, der die erdrückende Wärme des Raumes in diesem Moment oder jedenfalls nach meinem Empfinden verstärkte. Die hintere Ecke des Raumes und einen Teil der Rückwand füllte der dreitürige nussbaumfarbene Kleiderschrank, eine Tür war offen. Vor dem Fenster stand der Esstisch. Ein Stuhl war an die linke Seite herangeschoben, der andere stand abgerückt und etwas schräg vor dem Tisch. Auf dem Tisch lag ein Umschlag, einige Fotos waren danebengeworfen, eins war wohl auf den Boden heruntergefallen. Das Fenster war vermutlich geschlossen worden, es war jedenfalls zu. Die dicken Vorhänge waren an die Seite gezogen, die Sonne kam hier erst am Nachmittag herum und knallte dann im Hochsommer bis in den Abend unerbärmlich auf die Fenster.

Die Bettdecke steckte in einem dunkelblauen Satinbezug mit goldenen Sternen. Über das vordere von beiden Kissen war eine Leinenhose geworfen. Ein gestrickter Rollkragenpulli verdeckte den Rest des Kissens und einen Zipfel des zweiten Kissens.

Auf dem Boden war dunkelbraunes Parkett mit Fischgrätmuster verlegt und blank gewischt. Vermutlich war der Boden noch etwas kühl, und Sveta hatte sich nicht vom kalten Boden her erkälten wollen und deshalb die Plüschpantoffeln angezogen.

Sveta war da empfindlich (gewesen).

Mikhailyuk hatte mir einige Minuten Zeit gelassen, dass ich den Raum sehen konnte und was noch übrig war. Er hätte eingreifen können, wenn ich irgendetwas angefasst hätte, hatte aber auch keine unmittelbare Notwendigkeit gesehen, mich zu instruieren. Unten am Leichenfundort auf dem Bürgersteig war ich unlängst darauf hingewiesen worden, nichts anzufassen. Ich hätte an dem Pulli schnuppern sollen. Früher hatte ich das gelegentlich gemacht, wenn Sveta ein Kleidungsstück vergessen hatte oder kurzzeitig etwas von meinen Sachen getragen hatte, dann hielt ich mir das Kleidungsstück unter meine Nase. Es duftete auch nach Tagen noch.

Düfte können betörend sein. Viel war es nicht gewesen, was Sveta von meinen Sachen hatte tragen können. Mit Konfektionsgröße 36 war ihr nachvollziehbar immer alles von meinen Kleidungsstücken zu groß gewesen. Ich hatte wohl auch mal eine Unterhose von mir, die Sveta wegen der großen Kälte getragen hatte, später zu meiner Nase geführt. An einem anderen Abend hatte sie sich eine andere Unterhose von mir aus dem Schrank gekramt und zusätzlich meine Schuhe der Größe 43 angezogen, die ihre eigenen um einige Zentimeter übertrafen. Mit dem Schlüpfer, meinem Schlüpfer, und den Schuhen war sie dann eine Viertelstunde herumgelaufen, bevor sie zu mir ins Bett kam und ich ihr die Unterhose ausziehen durfte.

10. Februar 2022

Wir gehen am besten in die Küche. Ich möchte die Fotos mitnehmen. Einige sind in diesem Zimmer gemacht worden. Ich sagte Ihnen schon, dass sie sehr wahrscheinlich aus dem Videomaterial geschnitten wurden. Andere Aufnahmen stammen wohl nicht von hier und nicht aus Kyiv. Vielleicht haben Sie eine Idee, wo Sie da gewesen sind.«

Die Küche war in die Untersuchungen nicht einbezogen worden. Die Polizei vermutete hier wohl keine Anhaltspunkte oder Beweisstücke zu finden. Wenn sich der Vorfall so ereignet hatte, wie Chilenski und Mikhailyuk ihn beschrieben hatten, dann konnten sie von einer eingehenden Inspektion der Küche Abstand nehmen, zumindest solange keine gegenteiligen Hinweise auftauchten. Mikhailyuk legte die Fotos zu sich auf den Tisch.

»An der Decke war eine Kamera montiert, vermutlich versteckt im Rauchmelder. Der aktuelle Rauchmelder ist ganz neu und ist wohl erst in den letzten Monaten ausgetauscht worden. Wir vermuten, dass die Kamera Bett und Tisch ins Visier genommen hat. Die Aufnahmen, die uns vorliegen, unterstützen diese Annahme. Sie und Frau Marukova sind darauf zu erkennen, etwas unscharf, aber doch so deutlich, dass wir Sie gut identifizieren konnten. Ich gebe sie Ihnen mal. Das ist jetzt möglicherweise für Sie unangenehm. Ich hoffe, Ihnen geht das nicht zu nah. Frau Marukova ist das offensichtlich sehr nahe gegangen, was dann vermutlich zu dieser Kurzschlussreaktion geführt hat, zu ihrem Suizid.«

Auf dem ersten Foto liege ich mit dem Rücken auf der Couch, Sveta sitzt auf mir, die Beine angewinkelt. Unsere Gesichter sind nur im Seitenprofil zu erkennen. Auf dem nächsten liegt Sveta auf der Couch, die Beine etwas gespreizt und leicht angewinkelt. Mein Kopf ist zwischen ihren Beinen. Man sieht meinen behaarten Hintern. Ich kann nicht erkennen, ob Sveta entspannt ist. Auf dem dritten Foto stehe ich etwas ungelenk hinter Sveta, die auf der gegenüberliegenden Seite vor der Kommode steht. Sveta hat sich ein Handtuch um die Haare gebunden. So war sie immer aus der Dusche gekommen. Ich erinnere mich an meine gelegentlichen Rückenschmerzen, die ich vor längerer Zeit gehabt und auch damals hatte. Der Orthopäde hatte das mit »Gleitwirbel« abgetan und mal etwas akkupunktiert, was nicht geholfen hatte. Vielleicht hätte ich sonst entspannter hinter Sveta gestanden.

Das nächste Foto ist draußen aufgenommen worden. Ich stehe. Bin nackt. Mein Glied ist erigiert. Das kann man sehen. Füße und Knie sind hinter dem hohen Gras verborgen. Svetas Haare sind zu erkennen und offen. Ihre Schultern lugen aus dem Gras heraus. Die Brüste sind für den Fotografen nicht sichtbar. Das Bild muss mit Tele geschossen worden sein. Ich überlegte, wo wir gewesen waren. Ich hielt das Foto fest und noch ein bisschen fester. Meine Finger verkrampften sich, als ob sie angestrengt nachdächten. Wo war das gewesen, wo hatten wir im Gras gelegen? Wo hatten wir – ich nahm an, dass ich mich nicht wegen der Sonne ausgezogen hatte.

Wie hatte uns jemand fotografieren können? Wie hatte uns jemand nachschleichen können, ohne dass wir es bemerkt hatten? Wenn einer uns hier in der freien Natur nachgestellt hatte, wo dann noch? Mich überkam ein unwohles Gefühl. Der Gedanke, dass noch mehr Aufnahmen vorhanden waren, Videos existieren könnten, was heißt könnten? Sveta hatte sich aus dem Fenster gestürzt. Was hatte sie gesehen? Womit war sie erpresst worden? Warum konnte man sie erpressen? Ich glaubte, ich hatte bisher erst die Spitze von allem gesehen.

Mikhailyuk hatte mir das Foto inzwischen vorsichtig aus der Hand genommen. Es war noch nicht klar, ob die Leute der digitalen Forensik die Festplatte wieder starten und das E-Mail-Account knacken könnten. In der Zwischenzeit war er auf die Bilder angewiesen. Ich hatte es anfangs nicht bemerkt, wie sehr ich mich an dem Bild festgekrallt hatte. Als ich es merkte, war ich dennoch nicht fähig gewesen, das Bild loszulassen. Dass ich nicht wusste, wann und wo das Bild entstanden war, hatte wie ein Brandverstärker gewirkt und lähmte mich.

Ich nahm ein weiteres Foto. Was auffällt: Wir beide sind angezogen. Ich stecke Sveta mit meinen Fingern irgendetwas in den Mund. Sie hat die Augen zu. Meine andere Hand greift an ihr Gesäß. Wir haben beide Wolljacken an. Sveta mit Kapuze. Ich habe meine Jacke – die auf dem Bild – letztes Jahr in den Altkleidercontainer gestopft. Lange hatte ich sie aufgehoben, weil sie trotz meines damals üppigen Budgets teuer gewesen war. Später hatte ich dann etwas längere Jacken bevorzugt oder welche, die wärmer waren. Aber damals war sie schick, auch wenn schick heute mehr auf den Körper genäht bedeutet. Im Hintergrund ist ein Eingangsbereich zu sehen mit Garderobe. Wir stehen vor einem Spiegel, der reflektiert den PVC-Boden im Dielenbereich und nach der Übergangsleiste braunen Teppich, Auslegeware für den Wohnraum. Mehr konnte ich nicht erkennen. Rückschlüsse auf den Aufnahmeort waren mir nicht möglich. Ich frage mich, ob ich mich an andere Eingangsbereiche besser erinnern kann. Zuhause bei meinen Eltern hängt ein zur Lampe umgebautes Wagenrad. Es hängt so tief, dass ich früher gelegentlich mit der auf den Rücken geschnallten Gitarre angestoßen bin, wenn ich von den Pfadfindern zurückkam und nicht an Gitarre und Wagenrad gedacht hatte. Ich kann mich auch an die übrigen Dinge im Flur erinnern, weil man auch heute noch überall anstößt, wenn man sich nicht im Storchenschritt fortbewegt und die Arme eng anlegt. Meine Diele kenne ich auch, weil ich sie geplant und einen Garderobenschrank eingebaut habe.

Wir waren in Wien gewesen, waren nach Prag gefahren und hatten uns in Budapest getroffen. Im Sommer hatten wir keine Jacken angehabt, jedenfalls nicht solche, wie sie auf dem Foto zu sehen waren. Wien war dreckig gewesen. Das weiß ich noch. Sowas hatte ich noch nie gesehen. Sveta schlief angezogen im Bett. Auf das Klo hatten wir uns beide nur draufgestellt und zogen manch öffentliche Toilette vor. Abgesehen von der Anreise im Nachtzug war Wien nicht romantisch gewesen. Prag war ordentlich gewesen in einem goldenen Oktober, vielleicht auch im September. Blieb Budapest. Wir hatten uns dort getroffen. Sveta kam aus New York und hatte ein Apartment gebucht. Damals konnten sie in Budapest noch Russisch. Mit meinem Englisch kam ich nicht weit.

Das letzte Foto stammte aus dem vorletzten Herbst. Ich war von der Krim für ein kurzes Wochenende nach Kyiv gefahren. Es war unser erstes Treffen nach fast zehn Jahren gewesen mit abruptem Ende und vorher … Auf dem Foto sieht man jedenfalls, wie ich Sveta den Rücken massiere. Das Zimmer war nur für eine Nacht gebucht und klein, sehr klein, aber zweckmäßig und von modernerem Standard.

Wenn Videoaufnahmen existierten, ich wollte mir nicht ausmalen, was hier zu sehen wäre. Sveta hatte damals angedeutet, dass sie verheiratet sei, sie wollte daher nicht übernachten. Über viele Dinge schwieg sie sich aus. Das war jedenfalls in der Vergangenheit so gewesen.

Ich griff noch einmal zu den Bildern hinüber, die näher bei Mikhailyuk lagen, und fischte das Wiesenfoto heraus.

»Sagen Sie bitte, gibt es hier ein Freilichtmuseum?«

»Ja. Wir haben hier das Pirogovo Freilichtmuseum. Das ist eines der Highlights bei einem Kyiv-Besuch, unter normalen Umständen jedenfalls. Warten Sie, ich schaue, ob ich im Internet einige Fotos finden kann. Vielleicht können Sie sich erinnern.«

Mikhailyuk suchte kurz und zeigte mir dann auf seinem Smartphone einige Bilder. Holzkirchen, Windmüh-

len, ein weißes Haus mit reetgedecktem Dach. Holzkirchen kannte ich von meinen Besuchen in Schlesien.
Aus Holland und aus Ostfriesland kannte ich den Typus
Holländerwindmühlen. Diese hier, die mir Mikhailyuk
zeigte, schienen einfacher. Wenn ich einen Namen suchen müsste, sie sahen etwas blockähnlich aus und hatten nicht so viel Eleganz wie ihre Schwestern an der
Nordsee, was auch mit dem Standort und der jeweils
unterschiedlich vorherrschenden Windrichtung zu tun
haben kann. Die Windmühlen standen in bauchna-
belhohem Gras. An das reetgedeckte Haus meinte ich
mich erinnern zu können. Auf einer anderen Abbildung
der Website des Freilichtmuseums waren Frauen und
Mädchen in ukrainischer Tracht. In meiner Erinnerung
hatte ich sie vor dem Haus fotografiert. Ich hatte damals
gesagt, dass man Häuser alleine nicht fotografiert. Die
Mädchen waren hübsch gewesen. Das hatte ich Sveta
nicht gesagt. Das Bild, das bei mir zuhause im Fotoalbum steckte, hatte ich in diesem Moment vor meinen
Augen. Es war so präsent, als ob ich es gestern erst angesehen hätte.

»Wie weit sind Sie denn mit der Computerauswertung?
Lässt sich schon absehen, ob wir uns heute Abend noch
zusammensetzen oder doch erst morgen?«

»So wie ich das mitbekommen habe, kommen die
angefragten Kollegen heute nicht mehr dazu, sich die
Festplatte anzusehen. Sie wissen ja, dass die Russen,
wie soll ich sagen, wir sind hier ja auch Russen, also ich
nicht, aber viele meiner Kollegen. Lassen Sie mich das
so erklären: In der Ukraine leben mehrheitlich Ukrainer

und im Osten des Landes eben mehr und teilweise auch mehrheitlich Russen. Die Krim lasse ich mal außen vor. Von den Ukrainern, also die sich als Ukrainer fühlen, spricht ein Großteil gar kein Ukrainisch. Muttersprache ist für sie das Russische. Aber sie haben ukrainische Wurzeln und nur der Umstand, dass in Zeiten der Sowjetunion auch von Ukrainern vor allem Russisch gesprochen wurde, das macht sie heute, wo die Ukraine ein eigenständiger Staat ist, nicht automatisch zu Russen. Es ist natürlich leichter für die russische Propaganda die Russischsprachigen für ihre, die russischen Ideen zu gewinnen. Nach der Unabhängigkeit wurde bei uns in der Ukraine viel darüber diskutiert, was denn nun die richtige Nationalsprache wäre. Wenn man das Ukrainische als Sprache aufgibt, dann sagen die Leute irgendwann: Wenn ich genauso spreche wie die Menschen im fernen Nowosibirsk, nämlich russisch, dann muss es doch keine Grenze zwischen uns geben. Nationalstaatsbildung geht vor allem über die Sprache. Das habe ich mal gelesen und ist wohl auch nicht ganz falsch. Und weil die Franzosen eben Französisch sprechen und die Deutschen Deutsch, gibt es eben auch zwei Länder. Die Deutschen können ja trotzdem französischen Wein trinken und die Franzosen essen deutsches Brot, was sehr gut sein soll, oder sie fahren einen Golf. Also Russen aus der Ukraine und Russen aus Russland haben im Donbass ihre eigene Republik ausgerufen. Ein bisschen so wie auf der Krim und doch ganz anders. Von dort, aber natürlich auch aus Russland, starten die Russen Cyberattacken auf unsere IT-Systeme und fluten die sozialen

Netzwerke mit ihren Informationen, was in meinen Augen überwiegend Falschinformationen sind. Ziel ist, die Russischsprachigen in der Ukraine hinter sich zu scharen und den Rest zu verunsichern. Da erscheint dann auf der Homepage des ukrainischen Finanzministeriums, nachdem die Homepage gekapert wurde, beispielsweise die Meldung, dass eine bestimmte (ukrainische) Bank bankrott ist.

Was natürlich nicht stimmt. Aber ist das Gerücht erst einmal in der Welt, rennen die Leute zur Bank und heben ihr ganzes Geld ab. Gleichzeitig kommt dann in den russischen Fernsehkanälen ein Einspieler, wie gut die russischen Banken sind. Fehlt nur noch, dass Väterchen Putin im Hintergrund auftaucht, lächelt und seine schützende Hand über die russischen Banken legt und sagt: ›Ich, Wladimir, verbürge mich für den russischen Rubel. Howgh.‹ Und so geht das den ganzen Tag. Unsere Leute versuchen dann, solche Desinformationen zu sperren, Seiten zu blockieren und Gegendarstellungen herauszugeben. Oder nehmen Sie, jetzt muss ich doch über die Krim reden, die Debatte über die Rechtmäßigkeit der Angliederung der Halbinsel. Da haben die Russen, also die russischen Russen, ständig auf das Kosovo verwiesen, und gesagt, dass der Westen auch gegen den Willen Russlands und im Übrigen völkerrechtsverletzend dort einmarschiert sei, obwohl das Kosovo ja urserbisches Gebiet sei. Die Volksabstimmung auf der Krim würde die Angliederung mindestens so legitimieren, wie die Volksabstimmung im Kosovo die Loslösung von Serbien. Die Abspaltung der Krim sei durch das Völkerrecht gedeckt,

Recht auf Sezession. Im Internet wird dann den Usern noch eine Argumentationskette an die Hand gegeben, dass man als einfacher Bürger in Deutschland, wo die russischen Trollfabriken auch tätig sind, und anderswo kein triftiges Argument gegen die Heimholung der Krim (nach Russland) findet. Die Argumentation wird dann genauso verbissen geführt wie bei einer Sekte oder von den Zeugen Jehovas. Und, das habe ich mal bei einem internationalen Workshop mit deutschen Polizisten gehört, es gibt wohl auch bei Ihnen gut geschultes Personal aus rechten Kreisen, die argumentieren Ihnen den Holocaust weg, holen (vermeintliche) Gegenbeweise aus ihrer Aktentasche, Bücher, deren Autoren alles genau untersucht haben und zu dem Ergebnis kommen, dass das Problem der Judenvernichtung mindestens um den Faktor vier zu groß dargestellt wird. Die Anzahl der gefundenen Knochen wird dort akribisch addiert und genau ausgerechnet, dass der Holocaust mindestens in der dargestellten Dimension, wenn nicht sogar gänzlich, eine große Lüge ist. Jetzt hat sich einer, der als Schreiner ausgebildet ist, vielleicht nicht allzu intensiv mit der deutschen Geschichte befasst und nicht jeder kann auf den eigenen Großvater verweisen, der als Sozialdemokrat oder Kommunist im KZ war und dort gestorben ist. Wenn Ihnen dann so ein geschulter Smarty gegenübersitzt, den sie ansonsten nicht unsympathisch finden, dann fragt sich manch einer, ob der Smarty nicht vielleicht doch Recht hat. Der deutsche Polizist, mit dem ich mich ausgetauscht hatte, sagte dann noch, dass der Faschismus in Ostdeutschland auf dem besten Wege sei und Oberwasser gewinne, hoffähig sei rechtsradikales Gedankengut dort schon lange, aber jetzt würden die Faschisten auch die Parlamente erobern und manch ein Christdemokrat, also von der Partei der Frau Merkel, der denke schon intensiv über eine Kooperation mit der AfD nach. Aber das ist große Politik. Wir sind hier nur von der Polizei Kyiv. Und trotzdem hängt halt alles mit allem zusammen. Wenn die IT-Spezialisten mit den russischen Cyberattacken beschäftigt sind, dann können sie sich nicht gleichzeitig um die Festplatte von Frau Marukova kümmern.

Am besten ist, Sie gehen gleich erstmal in Ihr Hotel. Ein Kollege wird Sie fahren. Wir treffen uns morgen Nachmittag im Polizeipräsidium und schauen, welche Erkenntnisse uns die Festplatte bringt. Damit Sie tagsüber ein wenig Zeit haben, schlage ich vor, dass wir Sie morgen um 16 Uhr in Ihrem Hotel abholen. Wenn es Ihnen nichts ausmacht, gehen Sie in das Pirogovo Freilichtmuseum. Vielleicht können Sie ein bisschen abschalten.«

12. Februar 2022

Im Hotel checkte ich unten ein und ging auf mein Zimmer im zweiten Stock. Es war ein restauriertes Gebäude aus dem frühen 20. Jahrhundert, sauber und neu eingerichtet mit einigen antiken Möbeln, das meiste war wohl auf alt gemacht. Das Zimmer selbst war modern und hatte eine große Flügeltür nach hinten heraus mit einem französischen Balkon. Vom Fenster her konnte ich die ausgeprägte Hanglage des Hauses und auch des Andreasstiegs erkennen, denn während ich zwei Etagen mit meinem Köfferchen die steile Treppe nach oben geklettert war, ging es von der Fenstertür beziehungsweise dem französischen Balkon nur einen Stock tiefer. Oben am Fenster konnte ich eine Kamera entdecken. Ohne hätten es Diebe möglicherweise leichter gehabt als die im Hause wohnenden Gäste.

Ich packte ein paar Dinge aus dem Boardcase, hängte die beiden Hemden auf, legte mich dann auf das Bett und starrte an die Decke.

Ich dachte an die Bilder, die mir Mikhailyuk heute präsentiert hatte, und auch darüber nach, wo und wie sie entstanden waren. Den Besuch in Kyiv hatte ich mir anders vorgestellt und Sveta vermutlich auch. Ich hatte mich gefreut, nachdem wir im vorletzten Herbst ein langersehntes Wiedersehen ungeschickterweise zu stürmisch angegangen waren und unseren hormonellen Gefühlswallungen dabei sexuell spontan, aber doch nicht ungewollt nachgegeben hatten mit der Folge, dass Sveta mich unmittelbar nach dem vollzogenen Geschlechtsverkehr verlassen hatte. Sie war inzwischen verheiratet (gewesen) und verzieh sich in jenem Augenblick nicht den Seitensprung. Bei mir selbst war das abrupte Ende der Begegnung in einem Gefühlschaos gemündet und hatte sich in letzter Konsequenz in einer lebensbedrohlichen Katastrophe entladen, auf die ich hier im Einzelnen[2] nicht eingehen will. Die Schuld an der Katastrophe gab ich ganz allein mir und natürlich dem Fahrer des KrAZ 256B, den die Kyiver Polizei auch wegen der in kurzem zeitlichen Abstand zu meinem Unfall auflodernden Maidan-Unruhen und wegen des Attentats auf einen deutschen Politiker während einer Demonstration der ukrainischen Schwulenbewegung nicht hatte ermitteln können oder wollen.

Sveta.

Warum war sie gesprungen? Wir hatten die Tage noch telefoniert, um letzte Details der Anreise und des Aufenthaltes abzustimmen. Nichts deutete bei dem Telefonat darauf hin, dass sie Probleme hatte, gravierende Probleme, Probleme, über die sie nicht zuerst mit mir oder ihrem Mann, der im Ausland arbeitete, hatte sprechen wollen. In meinem Kopf kreisten wieder Fragen, auf die ich keine Antwort fand. Und wenn ich doch eine

---

2   Eine detaillierte Schilderung der Geschehnisse am Vorabend der Kiewer Maidan-Unruhen im Winter 2013 findet sich in dem Roman »Verloren in Kiew – Eine Krimreise ohne Wiederkehr«, ISBN 9783749403332.

68

Antwort gefunden hatte, verwarf ich diese wieder und versuchte die nächste Frage zu lösen und kam dann doch wieder bei der zuvor gestellten an. Es waren vermutlich die Bilder oder schlimmer noch die Videoaufnahmen, die sie oder mich oder beide von uns in kompromittierender Weise zeigten und die der Erpresser veröffentlichen oder anderen Personen wie ihrem Ehemann oder dem Arbeitgeber zuspielen wollte oder bereits zugespielt hatte. Ich hätte traurig sein müssen an diesem Nachmittag und an diesem Abend, aber die Suche nach dem Warum und vielleicht die Frage, ob ich eine Möglichkeit gehabt hätte, Svetas Suizid zu vermeiden, trieben mich in den Wahnsinn.

Ich hatte das in der Vergangenheit schon öfter erlebt beziehungsweise bei mir bemerkt, dass ich in Situationen, die zum Verzweifeln waren, die verfahren und ausweglos waren oder schienen, nach etwas Rationalem suchte, vielleicht auch nur nach einem Stöckchen, das ich greifen konnte, auch wenn der Ast, an dem das Stöckchen hing, so weit angebrochen war, dass eine Rettung außerhalb des Möglichen lag. Manchmal hatte der Ast dennoch gehalten.

Es ging in diesem Moment nicht um mich. Sveta war tot. Vielleicht versuche ich mich auch nur zu rechtfertigen und einen Grund dafür zu geben, dass ich in diesem Moment nicht in dem Maße oder nicht ausschließlich betrübt war und dafür endlos über Bilder, Videos und das Warum nachdachte.

Als Sveta damals erwähnt hatte, dass sie der Geheimdienst angesprochen hatte, hatte ich nicht weiter nachgefragt. Vielleicht war es Scham gewesen, möglicherweise aber auch Respekt und Ehrfurcht. Dass die Kontaktaufnahme durch den Geheimdienst bei mir Assoziationen zu James Bond und seinen Girls hervorgerufen hatte, habe ich bereits eingeräumt. Auf jeden Fall hatte der Umstand, dass ich nicht nachgefragt hatte, letztlich dazu geführt, dass ich den Vorfall bis zu meinem Besuch gänzlich vergessen hatte und ich in diesem Moment außer Stande war, eine zeitliche oder örtliche Einordnung des Ereignisses vorzunehmen.

Je mehr ich darüber nachdachte, desto sicherer war ich mir, dass das Foto, das Sveta und mich im Dielenbereich zeigt und das mir Mikhailyuk herübergehalten hatte, aus Budapest stammte. An vieles kann ich mich nicht erinnern, was wir in der ungarischen Hauptstadt unternommen hatten, auch wenn wir dort fast eine Woche verbracht hatten. Sveta kam aus den USA oder Kanada zurück, wo sie an einem Studentensymposium teilgenommen hatte.

Ich habe in Budapest, in dem Apartment, das erste Mal eine nennenswerte Anzahl von Kakerlaken gesehen, die es sich hinter den Schränken der Einbauküche gemütlich gemacht hatten. Später hatte ich auch anderswo die Insekten beobachten können und war nicht mehr so überrascht. In tropischen Ländern war ich nie gewesen. Bekannte erzählten mir, dass sich die Tiere gerne auch in studentischem Umfeld bewegen, jedenfalls wäre der Kammerjäger öfter in den Wohnheimen unterwegs. Daran kann ich mich erinnern.

Mehr in Erinnerung ist mir der Besuch im Gellértbad.

Ich war zwar wegen Sveta nach Budapest gekommen, wollte aber den Besuch eines traditionellen Badehauses in der Donaumetropole auf keinen Fall verpassen, einschließlich eines Saunabesuches. Im Jahr 2000 betrieb ich jedenfalls noch keine ausgiebige Internetrecherche im Vorfeld einer Reise und verließ mich ausschließlich auf die Informationen im Reiseführer und in der ADAC-Broschüre. Nach einigen Runden beziehungsweise Bahnen im großen Schwimmbecken stellten sich bei Sveta erste Anzeichen einer körperlichen Erschöpfung ein, weswegen sie im Sprudelbecken eine Zeit relaxen wollte. Ich hatte sie mit in die Sauna nehmen wollen, wir hätten bei uns selbst nichts Neues entdeckt, aber mit Verweis auf mögliche Kreislaufprobleme hatte Sveta dann doch abgewinkt. An der Kasse hatten sie uns gesagt, dass es im Saunabereich ausreichend Handtücher gäbe. In dem guten Glauben, mich dort zurechtzufinden, watschte ich in den Saunabereich und fand mich allein in einem großen Duschraum wieder. In gewisser Weise war ich froh, als endlich ein weiterer Saunabesucher hinzukam, den ich nach Handtüchern fragen konnte. Es war mir aber offensichtlich nicht gelungen, die Handtuchproblematik ausreichend präzise zu schildern, was mit Sicherheit daran lag, dass der Ungar kein Englisch sprach (und ich kein Ungarisch). Als ob es das Normalste der Welt ist, griff der Ungar nach einem herumliegenden Lendenschurz aus Leinen oder Frottee, so genau weiß ich das nicht mehr, und reichte ihn zu mir herüber. Ich konnte noch einwenden, dass der Lendenschurz nicht frisch war, was den Ungarn veranlasste, den Lendenschurz unter dem

Wasserstrahl einer Dusche gründlich auszuwaschen. Ich hatte weiterhin meine Skepsis, weil ich ein trockenes und vor allem sauberes Handtuch erwartet hatte, was der Ungar aus meinem Gesicht las, aber vermutlich anders interpretierte. Als ich ihm den Lendenschurz nicht abgenommen hatte, schlich er kurzerhand um mich herum, und ich war schon darauf vorbereitet auszutreten oder wegzurennen, als er mir den Lendenschurz umband und so was Ähnliches wie Voilà sagte. Mir war klar, dass weitere Erklärungen meinerseits die ganze Sache nicht zu einem Besseren wenden würden, ich bedankte mich und suchte nach der Sauna. Es gab nur einen Saunaraum. Nach der Beschreibung in einem damals als renommiert geltenden Reiseführer eines Verlages mit Sitz in Freiburg hatte ich mehr erwartet als einen Bretterverschlag, der eher das Flair eines in die Jahre gekommenen Waschkellers vermittelte. Die Saunabesucher, ausschließlich Männer mittleren Alters, rutschten etwas zur Seite, um mir einen Platz freizumachen. Stehend hatte ich noch fragen wollen beziehungsweise darauf hingewiesen, dass ich ja kein Tuch unter meinem Hintern hätte. Auch hier war eine zufriedenstellende ausreichende Kommunikation nicht möglich, weshalb ich mich schließlich hinsetzte und dem Moment entgegensehnte, wo ich den Raum wieder verlassen könnte. Nach fünf Minuten stand jemand auf und drehte seinen Lendenschurz in der Weise, dass das das Gesäß bedeckende Teil nun den Genitalbereich verbarg. Das war im Grunde genommen die Antwort auf meine Frage gewesen. Ich stand jetzt ebenfalls auf und drehte meinen Lendenschurz, der bisher meinen

Genitalbereich bedeckt hatte, so, dass ich nun darauf sitzen konnte und setzte mich wieder hin und den Saunagang fort. In diesem Moment konnte ich an der ganzen Malaise der Situation ohnehin nichts mehr ändern; ich nahm mir vor, nach dem Saunagang meinen Genitalbereich intensivst zu waschen und hoffte, mir nichts Bakterielles in Pilz- oder Krankheitsform eingefangen zu haben. Sicherheitshalber schrubbte ich sofort nach Verlassen der Sauna bei der nächstgelegenen Dusche zweimal fünf Minuten an mir herum und hatte dann auch Sveta nicht in aller Ausführlichkeit über meinen Aufenthalt im Saunabereich berichtet. Naja, wir waren beide nicht krank geworden. Außerdem waren wir an einem der Folgetage auf der Eisbahn gewesen.

An weitere Einzelheiten unseres Aufenthaltes in der Donaumetropole konnte ich mich nicht erinnern. Vermutlich würde ich mit Mikhailyuk am nächsten Tag von weiteren Details der Reise erfahren. Ich konnte mir nicht vorstellen, dass es Peinlicheres geben könnte als meinen Auftritt im Gellértbad.

Es mag an dieser Stelle etwas pietätlos erscheinen, wenn ich im Zusammenhang mit Svetas Tod über den Saunabesuch berichte, aber meine Erinnerungen an Budapest waren schließlich die gleichen geblieben. Daran änderten auch die tragischen Umstände unseres Wiedersehens nichts. Es wäre unredlich, wenn ich nun beim Schreiben plötzlich vorgäbe, ich hätte an etwas Seriöseres oder intellektuell Anspruchsvolleres gedacht. Überhaupt glaube ich, dass Angehörige nach dem Tod einer ihnen sehr nahestehenden Person natürlich in erster Linie traurig sind, aber gleichzeitig und – egal unter welchen Umständen ein Mensch gestorben ist – erinnern sich die Weiterlebenden gerne auch an die schönen Momente und behalten den Verstorbenen so in guter Erinnerung. Es wäre für die Verwandten unerträglich, wenn sie sich mehr an die vom Krebs befallenen Organe des Verstorbenen wie Darm oder Leber erinnern als beispielsweise an das romantische Baden im Bergsee oder die Übernachtung unter dem Sternenhimmel zu Lebzeiten des Toten. In welcher Form der Verstorbene selbst in Erinnerung bleiben möchte, kann man eigentlich nur wissen, wenn der Verstorbene vor seinem Tod darüber gesprochen hat. Menschen, die durch einen Unfall aus dem Leben gerissen werden, haben in der Regel vorher keine Gelegenheit gehabt, über die Frage des Andenkenbewahrens zu sprechen. Da lässt es sich nur mutmaßen. Religionen nehmen für sich oft in Anspruch, dass ihre Verstorbenen bei den Verbliebenen und der Gemeinde in guter Erinnerung bleiben wollen und sollen. Atheisten möchten vermutlich auch in guter Erinnerung bleiben, denn wer außer den verbliebenen Mitmenschen sollte sonst an sie denken?

Ich hatte mir die Theorie zurechtgelegt, dass Sveta zunächst vom Geheimdienst auftragskonform beschattet worden war und die Bilder und allgemein die Aufnahmen dann in Hände unbefugter Dritter geraten sein mussten, die Sveta damit erpresst hatten. Das stellte ich mir ungefähr so vor, wie beispielsweise Krankheitsdaten, die auf der Chipkarte vertragsgemäß gespeichert sind, der Krankenkasse oder dem Arzt vorliegen, von

Kriminellen entwendet werden und dann von Versicherungsunternehmen unrechtmäßig genutzt werden, um Antragsteller abzulehnen, Beitragserhöhungen zu verlangen oder die vereinbarte Leistung gegenüber dem Begünstigten zu verweigern.

Auch wenn ich hier meine Überlegungen dezidiert darlege, so heißt das nicht, dass ich mir an diesem Abend bis ins letzte Detail ausgemalt hatte, in welcher Weise nun der Geheimdienst eine Überwachung von Sveta vorgenommen hatte. Auch über die Wünsche von Verstorbenen hatte ich mir möglicherweise nicht derart strukturiert Gedanken gemacht. Im Nachhinein lassen sich solche Gedankengänge im Grunde genommen nur skizzenhaft nachzeichnen. Es ist anmaßend, im Nachhinein so tun, als wüsste man genau, was man damals gedacht hatte.

14. Februar 2022

Irgendwie bin ich dann doch noch gedanklich zu den Aufnahmen im Gras gelangt, von denen ich ja annahm, dass sie in dem Freilichtmuseum gemacht worden waren. Ich dachte über den Vorschlag Mikhailyuks nach, den Tag morgen oder zumindest einen Teil davon dort zu verbringen. Verpassen würde ich nichts und vermutlich wäre eine solche Tagesplanung besser, als die Zeit in einem Café im Kyiver Zentrum abzuwarten. In einem Café würde ich bestimmt motivationslos und geistesabwesend herumsitzen, bis die Bedienung mich fragen würde, ob ich den Kuchen noch aufessen will oder ob sie den kalt gewordenen Kaffee noch einmal aufwärmen soll.

Der Museumspark hätte da immerhin den Vorteil, dass ich niemandem über meinen Gesichtsausdruck Rechenschaft ablegen müsste. Wenn ich doch noch weinen müsste, auch das wäre möglich. Ich entschied, noch ein wenig im Internet zu recherchieren und auch unten an der Rezeption nach der besten Metroverbindung zu fragen.

In meiner Erinnerung waren wir damals, als wir das Freilichtmuseum besucht hatten, von etwas außerhalb gestartet, wo Sveta mit ihren Eltern und ihrem Bruder gewohnt hatte und auch im Augenblick noch ihr Zimmer (gehabt) hatte. In den 80ern waren vor allem außerhalb des Stadtgebiets in den angrenzenden Kreisen des Verwaltungsbezirks Kyiv neue Wohnblöcke errichtet worden. Das Haus der Eltern hatte etwa 20 Etagen mit jeweils vier Wohnungen und lag am Rande eines Waldgebietes. Mit Sveta war ich dort einmal spazieren gegangen. Ich glaube, es war Ostern, was in der Ukraine wegen des orthodoxen Kalenders zwei Wochen später ist, und es war frühlingshaft warm gewesen. Sie hatte dort in dem Naherholungsgebiet Fahrradfahren gelernt, und es gab eine Quelle dort, wer das chlorhaltige Leitungswasser nicht so gut vertrug und Zeit und Muße hatte, das Wasser dort zu holen. Zur Metrostation hatten wir immer einige Minuten laufen müssen. Die Metro selbst war tief unter die Erde gebaut. Ich hatte mich gewundert, dass die Rolltreppen so weit nach unten reichten. Gefühlt waren wir 60 oder 70 Meter nach unten »gerollt«. Zunächst hatte ich gedacht, dass das Schienennetz so tief in die Erde gebaut war, damit die Bahnen auch unter dem Dnipro entlangfahren können, oder dass wegen des Untergrundes einfach tiefer gebaut werden musste. Es konnte aber auch sein, dass es bautechnisch und energetisch Sinn machte, die Bahnen alle auf einer Ebene fahren zu lassen, anstatt die Bahnen ständig Anstieg oder Gefälle bewältigen zu lassen, denn die Bahnen sollten schließlich Ziele in Ober- und Unterstadt miteinander verbinden. Als ich später nochmal im Reiseführer oder im Netz nachgelesen hatte, erfuhr ich außer den von mir angegebenen Gründen einen weiteren, nämlich dass die Metrostationen auch als Schutzbunker im Katastrophenfall dienen sollten. Gedacht hatten die Bauherren da nicht an Tschernobyl, sondern beispielsweise an den

Atomkrieg oder andere wehrhafte Auseinandersetzungen (mit dem Klassenfeind im Westen). Vorbild war die Moskauer Metro, die auch für ähnliche Zwecke konzipiert worden war und im Zweiten Weltkrieg sowohl für die Zivilbevölkerung als Luftschutzbunker diente als auch vor allem der Regierung als bombensicheres Ausweichquartier. Die tiefste Station der Kyiver Metro war 105 Meter unter die Erde gebuddelt worden. Beeindruckend ist die aufwendige architektonische Gestaltung der Stationen, vermutlich sogar aller Stationen.

Marmorwände und -böden, Reliefs natürlich im Stil des sozialistischen Realismus. Aus heutiger Sicht, wo das Zeitalter des energiefressenden motorisierten Individualverkehrs offensichtlich dem Ende zugeht und öffentlicher Personennahverkehr eine Renaissance erlebt, kann man sich fragen, ob Stalin mit seiner Idee von schnellen, zuverlässigen, auch optisch attraktiv gestalteten Untergrundbahnen nicht wirklich seiner Zeit weit voraus war. Stalin hatte vermutlich nicht an Energieknappheit und Klimakatastrophe gedacht, aber eine Bahn so zu gestalten, dass der einzelne Passagier nicht das Gefühl hat, er fährt mit einem rumpelnden Wagen der Müllabfuhr, sondern in einem Wagon der ersten Klasse in einem Schnellzug, erscheint mir heute mindestens so genial wie 1935, als die Moskauer Metro in Betrieb ging. Die Kyiver Metro nahm 1960 ihren Betrieb auf.

Meine Meinung über das New Yorker Metronetz verkneife ich mir an dieser Stelle.

Vermutlich sind wir damals in der Station Beresteiska (Берестейська) in die rote Linie eingestiegen und dann irgendwo in die blaue Linie umgestiegen, die 2001 noch nicht bis zum Freilichtmuseum ausgebaut war. Sveta hatte mir den Pirogovo-Freilichtpark unbedingt zeigen wollen. Ich weiß, wir hatten damals von der Haltestelle einen gehörigen Fußmarsch zu bewältigen und waren auf unserem Rückweg in einen sommerlichen Regenguss mit Gewitter geraten. Unsere heiße Liebe hatte die Klamotten schnell wieder trocknen lassen, zumindest empfand ich die Nässe nicht so unangenehm und war hinterher auch nicht krank geworden.

Ich hatte schon erwähnt, dass ich mich an das weiße Haus mit dem Reetdach erinnern konnte und natürlich an die schönen Ukrainerinnen in ihren Trachten. Wir hatten uns einige Häuser von drinnen und draußen angesehen und uns dann irgendwo hin auf die Wiese verkrümelt. Das Gelände ist weitläufig. Am Rande war eine Böschung gewesen, die wir hinaufgestiegen waren. Wie wir dahingekommen waren, weiß ich nicht mehr im Einzelnen. Von dem Fußmarsch waren wir schließlich beide etwas müde, und so bot sich die Rast auf meiner robusten Lederjacke an. Das Foto (vermutlich des Geheimdienstes) zeigt das hohe Gras und die Blumen. Die Böschung hatte so weitab gelegen, dass ich mich über das Foto immer noch wunderte. Aber ein Geheimdienst oder ein Detektiv wäre ja kein guter, wenn sie nicht Aufnahmen da erstellen könnten, wo die Fotografierten es nicht erwarten. In Berlin waren wir in den Gärten von Sanssouci unterwegs gewesen, aber sie waren vertrocknet gewesen und luden nicht so ein wie der Park von Pirogovo. Pirogovo war ländliche Idylle pur. Jedenfalls verband ich seit unserem Besuch diese Vorstellung mit dem Park. Sveta hatte sich irgendwelche Blumen in die Haare gesteckt. Das Foto, das bei mir zuhause im Fotoalbum steckte, hätte auch in einem Bauern- oder Landvolkkalender gut Platz gefunden oder in einem Werbeprospekt für Flitterwochen auf dem Bauernhof.

Dass der Geheimdienst es offensichtlich auch nach Budapest geschafft hatte, führte bei mir zu weiteren Spekulationen. Welche Rolle spielte der Geheimdienst in der Ukraine im Jahr 2000? Und wer arbeitete dort für welche Interessen? Warum hatten sie Sveta angesprochen? Sveta war jung und hübsch (gewesen) und hatte sich oft für Auslandsstipendien beworben. So auch in den USA. Sie hoffte eine Zeitlang, mittels Greencard nach Amerika zu emigrieren. Freunde von ihr hatten das geschafft und verdienten ein Vielfaches von dem, was in der Ukraine möglich war. Deutschland und Europa erschienen ihr eng und – wie sie einmal sagte – nicht offen für Neuankömmlinge. Vielleicht hatte sie damit sogar Recht gehabt. Amerika war schon immer Einwanderungsland gewesen. Es gab eine ukrainische Community. Fast jede Auswanderernation hatte dort ihre eigene Community. Sveta sagte mal, dass sie in Hannover in einem Laden von der Verkäuferin angestarrt worden wäre. Das mochte so gewesen sein. Ich hatte sie ja auch gerne angeschaut. Und wer ein Faible für ukrainische oder polnische Frauen hat, der schaut diese unter Umständen etwas aufmerksamer an als Frauen anderer Länder (und startet einen Flirtversuch).

Italienische Frauen sind mir beispielsweise egal, was

nicht heißt, dass ich sie nicht mag, aber mit Italien verbinde ich anderes. Beispielsweise meine Blasen zwischen den Zehen, als ich mit Flipflops, den Originalflipflops mit Gummisteg, die Stadt Grado am Golf von Triest erkunden wollte. Die Wanderschuhe für die spätere Reise in die slowenischen Berge hatte ich im Auto gelassen. Bevor ich den Strand erreicht hatte, der an der von mir aufgesuchten Stelle aus einem Steindamm bestand, hatten sich zwischen dem großen (dicken) Zeh und dem danebenliegenden langen Zeh auf beiden Seiten große Blasen gebildet, die das Fortkommen beschwerlich machten.

Den weitläufigen Strand und die hohen Wellen an der französischen Côte d'Argent im Hinterkopf wollte beim Betrachten des ruhigen Meeres bei mir keine rechte Urlaubsstimmung aufkommen, auch wenn die dort badenden Italiener in geradezu euphorischer Stimmung waren. In der Stadt trugen die Herren weiße Jeans, weißes Hemd und Sonnenbrille und liefen auf Espadrilles. Wahrscheinlich hatten sie keine Blasen an den Füßen. Ich bin noch an dem gleichen Nachmittag ins slowenische Triglav-Massiv gefahren. Fairerweise muss ich sagen, dass ich an den Blasen selbst schuld war und das von mir ausgewählte Schuhwerk und nicht die Italiener mit Mafiosi-Sonnenbrille. Außerdem hatte mein früherer Gruppenleiter bei den Pfadfindern, der Ahnung von Frauen hatte, gesagt, dass italienische Frauen nicht besonders gut aussehen, aber sich gut anzuziehen wissen. Das hatte ich mir gemerkt und wahrscheinlich nie kritisch hinterfragt.

Wenn der Geheimdienst in Budapest Bilder gemacht

hatte, war die Frage, ob er mit eigenen Leuten unterwegs gewesen war oder ob es immer noch Verbindungen zu befreundeten Geheimdiensten gab, die dann für die Ukrainer tätig geworden waren. Geheimdienste arbeiten ja rund um die Welt zusammen oder gegeneinander. Sie arbeiten zusammen, wenn es ein gemeinsames Interesse gibt. Beispielsweise soll der deutsche Staatsanwalt Fritz Bauer dem israelischen Geheimdienst Informationen geliefert haben, um Adolf Eichmann in Argentinien festzunehmen beziehungsweise zu entführen. Andererseits belegt das zitierte Beispiel, dass Geheimdienste nicht automatisch an einem Strang ziehen. Der deutsche Geheimdienst war im Gegensatz zu dem Staatsanwalt an der Ergreifung Eichmanns nicht interessiert und hatte sie sogar behindert, weil auch im deutschen Nachkriegsgeheimdienst massenhaft Nazis ihr Geld verdienten und weiter verdienen wollten. Aber es belegt zumindest, dass Einzelpersonen über die Landesgrenzen zusammenarbeiten. Was nun das gemeinsame Interesse der ungarischen und ukrainischen Spionage an einer Beschattung Svetas gewesen sein soll, konnte ich mir allerdings immer noch nicht erklären. Sie hatte auch mal erklärt, dass sie gelegentlich die Begleitung ausländischer Geschäftsleute in der Ukraine übernommen hatte. Auf Ämter gehen, Kontakte herstellen, übersetzen, vielleicht auch mal ein Abendessen, mehr nicht.

Dafür gab es gutes Geld und zwar für eine Woche so viel, wie sie ansonsten am Institut eines amerikanischen Fonds in zwei Monaten verdiente. Vielleicht hatte der Geheimdienst gedacht, dass Sveta irgendwann wichtige

Informationen liefern könnte. Geheimdienste bringen ja massenhaft Leute in Stellung wie ja auch Günter Guillaume, der aus der DDR flüchtete, dann in der hessischen SPD Karriere machte und schließlich Willy Brandt aus nächster Nähe bespitzelte. Spione werden in der Regel nicht direkt auf ihre Zielobjekte angesetzt. Das wäre viel zu auffällig. Ich beschloss, bei der Rezeption nach der Metroverbindung zu fragen und noch irgendetwas auf dem Andreassteig zu essen. Trinken wollte ich nicht, reden am liebsten auch nicht.

Ich lief den Andreassteig nach unten bis zur Pokrovskastraße und setzte mich an einen Tisch, der vor einem kleinen Laden aufgebaut war mit der Aufschrift »Українські спеціальності«. Hier kochten sie ukrainische Spezialitäten oder hatten sie zu Hause vorgekocht. Kein richtiges Restaurant, eher etwas für den kleinen Geldbeutel. Dafür bestand die Chance, auch normale Leute zu treffen. In Restaurants gingen oft nur Touristen oder neureiche Ukrainer. Die Mehrheit der Ukrainer konnte sich meines Erachtens regelmäßige Restaurantbesuche finanziell nicht erlauben. Relativierend lässt sich hinzufügen, dass man ja auch in Deutschland in einem Restaurant in der Regel für sich und mit der Begleitperson isst und nicht in nennenswertem Umfang Bekanntschaften schließt. Das gelingt dann doch schon eher in einer Kneipe oder in einem Club (wenn die Musik nicht zu laut ist). In Lviv, dem alten österreichischen Lemberg, war ich vor Jahren einmal in einen Club hineingeraten, für den man entweder selbst ordentlich Schotter haben musste oder einen in der Regel männlichen Freund, der über die nötige Liquidität verfügt. Der Abend hatte mit der Bekanntschaft einer Touristin, die in demselben Hostel wohnte wie ich und an deren Nationalität ich mich im Nachhinein nicht erinnern kann, in einer Kneipe in der Innenstadt begonnen. Wo sie dann abgeblieben war, weiß ich nicht mehr, wobei das nichts mit meinem Alkoholkonsum zu tun hatte. Der Pegel stieg erst langsam. Wir oder ich waren dann ins Gespräch gekommen mit einem aus meiner Sicht jungen Dozenten der Wirtschaftswissenschaften, Ökonometrie meine ich, jedenfalls etwas, was ich nicht bis ins vorletzte Detail verstanden hatte, der über das Leben als Dozent berichtete, insbesondere über die zahlreichen Anfragen von Studentinnen, die eine gute Note haben wollten. So wie er das schilderte, war das gang und gäbe, und eine Ausprägung der in der Ukraine weitverbreiteten Korruption. Daran kann ich mich noch erinnern. Der Dozent hatte sich dann für den weiteren Abend ausgeklinkt, weil er am nächsten Tag morgens eine Vorlesung halten musste. Freunde von ihm nahmen mich dann mit in den Club. Irgendwer hatte einen dickeren Benz, mit dem wir etwas aus dem Stadtzentrum herausfuhren. Der Eintritt in den Club kostete auf jeden Fall umgerechnet 20 Euro. Dafür musste ein durchschnittlicher Ukrainer damals mindestens einen Tag arbeiten. Die Mädchen drinnen waren gut gestylt und zugegebenerweise auch von einer gewissen natürlichen Grundschönheit. Ich hatte keine Leute koksen gesehen, aber mir war der Laden einfach zu schick. Ich glaube, dass in der Ukraine einfach der Mittelbau fehlt(e). In Krakau, wo ich meine prägendsten Kneipenerfahrungen gesammelt habe, konnte ich an einem Abend mit Studentinnen und Ärztinnen tanzen, mich einladen lassen und auch eine Runde ausgeben, wurde von einigen Tanzpartnerinnen gezwungen, ihre Einladung zu einem Früchte-Wodka-Shot anzunehmen und so weiter. Ich hatte dort in Polen immer das Gefühl gehabt, dass man am besten gibt und nimmt und dass alle damit zufrieden sind. Im Gegenteil, das Einladen ist dort auch eine Frage der Ehre, genauso wie der Eingeladene auch ernst genommen werden möchte und man ihm Gelegenheit zum Revanchieren geben muss. In einem Umfeld vernünftiger Preise geht sowas. Das war in Lemberg anders gewesen, was aber auch damit begründet sein kann, dass ich in der ehemaligen galizischen Hauptstadt nicht die richtigen Ecken und Leute kennengelernt hatte. Als der Wirt herauskam, bestellte ich Borschtsch und eine Portion Wareniki, der ukrainische Bruder der polnischen Piroggen und der russischen Pelmeni. Wenn ich es genau bedenke, sind die Wareniki mehr mit den polnischen Piroggen verwandt als mit den russischen Pelmeni, nicht weil Putin derzeit, wo ich meine Gedanken zu Papier bringe, mit über 100.000 Soldaten an der ukrainischen Grenze steht und zumindest optisch einen Einmarsch ins Nachbarland androht, nein, sondern weil die russischen Teigtaschen in meinen Augen zu fleischlastig sind. Piroggen und Wareniki sind oft auch mit Quark oder Kraut gefüllt oder auch Spinat. Dazu fragte ich nach einem Bier. Seit meiner Ankunft hatte ich nur das Wasser mit

Chilenski getrunken, Appetit war bei mir angesichts von Svetas Tod nicht aufgekommen, auch wenn der Magen zwischenzeitlich geknurrt hatte.

16. Februar 2022

Als ich gegessen hatte, setzte sich Bohdan zu mir. Er hatte wohl auch etwas bestellt und musste noch ein wenig warten, hatte vermutlich meine leeren Teller gesehen und das Bierglas, das noch halbvoll war und geleert werden musste. Ein Halbliterglas hatte er sich schon von drinnen mitgebracht.

»Меня зовут Богдан.«

»Очень приятно. Меня зовут Олаф.«

Ich sagte dann, dass ich mehr nicht sagen könne auf Russisch. Ukrainisch spräche ich gar nicht, aber das ukrainische Essen schmecke mir. Die Unterhaltung ging dann auf Englisch weiter.

»Was machst Du hier? Bist Du im Urlaub, auf Geschäftsreise?«

»Weder noch. Ich wollte eine gute Freundin besuchen, sie hatte einen Unfall und aus dem Treffen wird nichts. Erzähl mal etwas von Dir. Bist Du aus Kyiv?«

»Ich komme aus Marjinka. Das ist im Donbass in der Nähe von Donezk. Eigentlich bin ich nach Mariupol zum Studieren gegangen und wollte dieses Jahr meinen Abschluss machen, aber dann haben russische Freischärler im Donbass angefangen, die Ukrainer zu beschießen. Naja, wenn sich die Bevölkerung sofort unter das Kommando der prorussischen Separatisten gestellt hat, dann mussten sie ja nicht kämpfen und nicht schießen, aber wenn es Widerstand gab oder die Ukrainer die Städte rückerobert haben, dann haben die Russen zurückgeschossen. Ich bin dann in meine Heimatstadt zu meinen Eltern. Da wohnen viele alte Leute, die können kein Gewehr mehr in die Hand nehmen. Es wird jetzt immer noch gekämpft. Einige Freunde von mir wurden durch russische Raketen verletzt, einer getötet. Meine Eltern haben mich letzte Woche hier nach Kyiv geschickt. Sie wollen nicht, dass ich sterbe. Und mit den Waffen, die wir haben, können wir nachhaltig keinen Widerstand leisten. In Mariupol leistet der Rechte Sektor Widerstand. Die sind gut organisiert, und ohne ihre Hilfe wäre Mariupol schon längst an die Separatisten gefallen. Die sind auch besser ausgerüstet, teilweise besser als die ukrainische Armee. Im Rechten Sektor sind natürlich keine Demokraten organisiert, aber sie kämpfen für eine unabhängige Ukraine. Ich höre manchmal das Programm der Deutschen Welle, oft auch als Podcast. Da wurde auch über Freunde Russlands in Deutschland berichtet, die dann gerne zu Protokoll geben, dass der Rechte Sektor eine faschistische Organisation ist. Und wenn die Interviewten dann zusätzlich sagen, dass der Rechte Sektor antisemitisch ist, dann sind sie, also die russischen Freunde, und ihre Äußerungen in Deutschland unangreifbar. Das haben sie bei der Deutschen Welle nicht gesagt, das ist aber meine Meinung. Aber es denken wohl nicht alle Deutschen so. Naja, viele der Freunde Russlands sind Mitglieder der Linkspartei, also der Nachfolgeorganisation von Erich Honecker, und dass die der Sowjetunion nachtrauern, muss einen nicht wirklich wundern. Ich habe nicht so viel Ahnung von Politik. Ich habe Freunde, die sind Ukrainer, und Freunde, die sind Russen, und ich habe auch noch ukrainische Freunde, die Russisch sprechen. Bis zur Besetzung der Krim war das auch kein Problem, jetzt bist du für die Ukraine oder für die Russen; eine Position dazwischen gibt es nicht.«

Ich bestellte noch zwei Bier und erzählte Bohdan, dass ich im Herbst vor der Annexion auf der Krim gewesen war und auch ein Jahr davor. Die Spaltung sei schon damals erkennbar gewesen. An der Universität hätten die Studenten und ihre Professoren immer nach Europa gefragt und wann sie denn in die EU könnten. Ich hätte dann meine persönliche Meinung dazu gesagt, auch wenn die mit den Vorträgen nichts zu tun hatte oder doch nur sehr indirekt. Dass ich nämlich glaubte, dass die EU keine Idee davon habe, was sie mit der Ukraine machen solle. Die EU sei mit den Finanzkrisen und auch mit ihrer Landwirtschaft so beschäftigt, dass sich keiner um die Länder in der Peripherie kümmern würde. Obwohl sich ja von den vielen tausend gut bezahlten EU-Beamten in Brüssel bestimmt auch einige über die große Ukraine Gedanken machen könnten. Vielleicht, sagte ich, sei man in den Mitgliedsländern und der Zentralverwaltung in Brüssel auch über die vorangegangene Erweiterungsrunde mit den Ländern Polen, Ungarn und Rumänien enttäuscht. Für die handwerklichen Fehler, die dabei gemacht worden seien, müsse nun die Ukraine in Form von Nichtbeachtung büßen. Andere, die ich außerhalb der Universität getroffen hatte, hätten ausschließlich russisches Fernsehen geschaut, und wenn sie vom Präsidenten sprachen, meinten sie nicht ihren eigenen, sondern Putin. Aber dass die Russen die Krim annektieren würden, das hätte wohl keiner gedacht.

Ich berichtete noch kurz über Sveta und sagte Bohdan, dass ich sehr müde wäre. Wir tauschten die Adressen aus. Ich ging zurück ins Hotel.

18. Februar 2022

Nach dem Frühstück ging ich den Adreassteig abwärts, ich kam an dem Laden vorbei, wo ich gestern Bohdan kennengelernt hatte, und nahm am Kontraktova Ploshcha die blaue Metrolinie Richtung Teremky. Teremky ist die letzte Station der Linie, Ipodrom, wo ich aussteigen musste, eine davor. Das traute ich mir zu. Notfalls würde ich eine Station zurückfahren. Ich hätte zwar auch elf Stationen ab Kontraktova Ploshcha zählen können, aber irgendwie ist man doch immer abgelenkt, und das schon unter normalen Umständen. Ich war früh aufgebrochen, hatte nicht groß über meinen Ausflug nachgedacht, die Abläufe waren eher mechanisch gewesen. Ich hatte mir an der Rezeption noch am Vorabend einen Stadtplan besorgt und einen Metroplan und dann die nächstgelegene Haltestelle herausgesucht. Nach Möglichkeit wollte ich ohne Umsteigen fahren. Ich hatte an dem Morgen ein Langarm-Shirt angezogen und meine Jeansjacke darüber. Anfangs war es noch ein wenig frisch gewesen, die Metro war aber angenehm warm. Ich hoffte, dass die Temperaturen dann alsbald ansteigen würden. Ich fühlte mich ohnehin etwas flau, Kälte würde ich nicht ertragen.

Die Metro war fast leer. Es war Samstag, den gingen die Kyiver vermutlich etwas ruhiger an. Von Sveta wusste ich, dass sie oft von morgens halb acht bis abends acht unterwegs gewesen war, wenn sie hatte arbeiten müssen. Das Institut, in dem sie üblicherweise gearbeitet hatte,

hatte seine Büroräume am anderen Ende der Stadt. Sie hatte die Metro einmal wechseln müssen und dann kamen noch 20 Minuten Fußweg hinzu oder fünf Minuten mit dem Bus (der aber nicht immer dann fuhr, wenn man ihn brauchte). Wenn alles gut klappte, waren es von Tür zu Tür 90 Minuten gewesen. Die Bahnen waren aber zuverlässig, die Rolltreppen auch. Die Taktung war tagsüber im Fünf-Minuten-Bereich, da konnten vorbildlich schnell viele Menschen an ihren Zielort gebracht werden.

In der Kyiver Metro hatten sie wie in anderen Staaten der Sowjetunion eine Längsbestuhlung gewählt. Das ist nicht ganz so persönlich wie eine Reihenbestuhlung beispielsweise in der Kölner KVB, dafür lassen sich mehr Passagiere transportieren, das Ein- und Aussteigen geht schneller und wahrscheinlich gibt es noch eine Reihe weiterer Vorteile. Auch die Knie stoßen nicht immer aneinander (was ein Vorteil ist, manchmal aber auch von Nachteil). In dem Sitzabschnitt mir gegenüber saß niemand. Ob sich jemand auf meine Seite gesetzt hatte, konnte ich nicht sehen. Die Plätze direkt neben mir waren frei, mehr konnte ich aber nicht einsehen. Manchmal spiegelten sich Personen und Gegenstände in den Scheiben des Metrowagens, auch die Stationsschilder, wenn der Zug entsprechend hielt. Früher hatte ich mir manchmal überlegt, wo jemand im Zug sitzen würde, dessen Spiegelbild ich in den Scheiben hatte sehen können. Das hängt dann immer von der Spiegelung ab und manchmal vom Winkel, dem Einfallswinkel, aber die Leute, die man sehen kann oder die ich sehen konnte, saßen ja immer irgendwie in der Nähe, möglicherweise aber einen

Vierersitz weiter entfernt, als ich gedacht hatte. Ich hatte mich da eigentlich immer nach dem gleichen Muster vertan, und wenn ich gewollt hätte, hätte ich das einmal auseinanderklamüsern können. In diesem Moment war das noch egaler als sonst. Ich starrte auf die Fensterfront, sah Stationen, manchmal Lichter, Menschen auf dem Bahnsteig. Sie rauschten aber alle irgendwie vorbei, letztendlich verschmolzen sie zu einem Lichtstreif, zu einer zusammenhängenden Menschenmenge, zu einer Wand.

Dann sah ich Vasylkivska, also die Station Vasylkivska. Der Vater von Sveta hieß Vasylij. Er musste noch leben. Früher hatte ich einmal gedacht, dass Vasylij mein Schwiegervater würde, aber das hatte sich dann nicht ergeben. Sveta hatte geheiratet – jemand anderes als mich – und wegen der schwierigen Arbeitsmarktlage war ihr Mann nach Dänemark gegangen. Und jetzt wusste der Mann wohl Bescheid, dass Sveta und ich immer noch in Kontakt gestanden hatten. Wenn das die Idee des Erpressers gewesen war. Vermutlich hatte er Geld haben wollen, viel Geld. Ich wusste es nicht. Darum war Sveta gesprungen. Darum war Sveta gesprungen? Mit Vasylij war ich vor Ostern einmal zusammen auf die Datscha gefahren, die Frauen hatten Essen vorbereitet und die Wohnung festlich geschmückt und die Männer störten. Also waren wir zur Datscha gefahren. Ich hatte mit Vasylij Kartoffeln eingegraben, und er hatte dabei immer »Otschin akkuratno!« gesagt. Er hatte das immer gesagt, egal wie herum ich die Kartoffeln in die Kuhle gelegt hatte. Ich hatte ihn sehr sympathisch gefunden. Leider hatte ich damals keinen Fetzen Russisch gesprochen. Sprachen lernte ich immer erst später, wenn die Liebe vorbei war. Vielleicht weil ich hoffte, dass sie wiederkommen würde. Ich schaute auf meinen Plan. Noch eine Station bis Ipodrom.

Bei der Station Ipodrom nahm ich den Bus und fuhr bis zum Pirogovo Freilichtmuseum. Als ich aus dem Bus ausgestiegen war, drückten nach und nach die Sonnenstrahlen durch. In der Sonne empfand ich die Temperatur als recht angenehm. Nachmittags waren in der Spitze Werte bis 25° C vorhergesagt.

Ich passierte das Kassenhäuschen und lief auf den Überblicksplan des Parks zu. Nachdem ich fünf Minuten vor der Tafel gestanden hatte, entschied ich mich, einfach so loszumarschieren. Das Gelände umfasst 1,5 Quadratkilometer und ist in verschiedene Themen gegliedert. Eine Themengruppe stellt Häuser und Leben in den Karpaten dar, eine andere zeigt Landhäuser in den 60er und 70er Jahren des 20. Jahrhunderts. Eine weitere fokussiert das Leben am Dnipro, wie ich mir aufgrund meiner rudimentären Russischkenntnisse zusammenreimte. Zu erwähnen ist, dass auf den Tafeln mit ukrainischen Lettern geschrieben ist, die natürlich auf dem kyrillischen Alphabet basieren, aber doch gegenüber dem Russischen ihre Eigenarten in schreib- und aussprachetechnischer Weise haben. Sprechen musste ich in diesem Moment nicht, zu verstehen war schon ausreichend schwierig genug.

Eine Rubrik hieß auch Polizei und umfasste auch 20 oder 30 Einzelobjekte. Natürlich hätte ich jemand fragen können.

Die Suche nach einer Systematik oder nach dem Sinn erschien mir an diesem Tag noch sinnloser als in der übrigen Zeit. Es ist nicht so, dass ich Systematisieren ablehne. Wir klassifizieren ständig, und sei es, um die richtige Kassenschlange im Supermarkt auszuwählen. Behinderte, Alte, Ausländer brauchen meistens mehr Zeit, um den Bezahlvorgang abzuwickeln. Die einen sind aufgrund der körperlichen Einschränkung nicht so schnell, andere, zum Beispiel EU-Ausländer, können nicht verstehen, dass die von ihnen gewählte Karte in einem spanischen Supermarkt angenommen wird und hier in Deutschland nicht. Lehrer wollen Probleme gerne ausdiskutieren und auf keinen Fall akzeptieren, dass nicht immer alle nach ihrer Pfeife tanzen wollen und können. Beim Autofahren ist es überlebenswichtig zu clustern. Der Smart zieht gleich möglicherweise von der äußeren rechten Spur über die mittlere auf die äußere linke Spur bei durchgezogenen Linien und ohne den Blinker zu betätigen, weil er im Vergleich zu seiner Größe am besten motorisiert ist und der Fahrer den Unterschied zwischen dem Straßenverkehr und einem Autoscooter-Fahrgastgeschäft auf einer Kirmes nicht kennt. Vor Gemälden in einer Ausstellung bleiben die Leute stehen und lesen zuerst die Beschreibung, die meist unten in der Ecke auf einem Schild angebracht ist. Wenn sie gelesen haben, schauen sie kurz auf das Bild, nicken und gehen zur nächsten Bildbeschreibung.

Der umgekehrte Ansatz, erst auf das Bild zu schauen, es wirken zu lassen, dann die Beschreibung zu lesen, wird seltener gewählt. Lektüre in der Schule wird gelesen, um

sie zu interpretieren, einschließlich der Eselsecke im Re-
clam-Heft. Man liest nicht – jedenfalls in der Schule –,
um etwas wirken zu lassen oder dass sich der Schüler
möglicherweise an der Lektüre erfreut und gespannt auf
das nächste Buch ist. Ich hatte mich entschieden, einfach
so den Park zu durchstreifen, vielleicht auch, weil ich die
Systematik der Karte nicht gänzlich verstanden hatte.

Ich könnte also hier stehen bleiben, dort kurz anhalten,
wieder anderswo gar nicht erst hingucken. Niemandem
gegenüber müsste ich Rechenschaft ablegen. Vielleicht
würde ich die Wiese finden, wo Sveta und ich gelegen
hatten. Aber ich wollte nicht danach suchen. Wer etwas
sucht und nicht findet, ist unglücklich. Wer etwas sucht
und das Gesuchte findet, sucht das nächste. Wenn einer
nichts sucht und trotzdem findet, ist er dann glücklich?
Ist einer dann zufrieden?

Manchmal ziehe ich alleine los. Es gibt zwei Kumpels
von mir, einen in Berlin und einen in Wiesbaden, mit
denen ziehe ich gerne gemeinsam los. Mit anderen Bekannten kann ich ein Bier trinken, alles darüber hinaus
ist anstrengend. Wenn ich alleine unterwegs bin, muss
ich niemandem Rechenschaft ablegen, warum ich dieser
Frau in den Ausschnitt fasse oder jener auf den Arsch
haue[3], bei einem Typen die Muckies anpacke. Karne-
val in Köln ist ein bisschen so oder war zumindest so,
als Political Correctness noch nicht alle Lebensbereiche

---

3   Zur Einordnung sei folgender Hinweis erlaubt: Ich benehme
    mich nicht wie die Amerikaner D. Trump und Harvey Weinstein;
    die Aktionen sind eher in die Kategorie »Einvernehmliches
    Austesten, Flirt- und Balzgehabe« einzuordnen.

durchdrungen hatte. Der Kumpel aus Berlin war dabei, als ich Sveta kennengelernt hatte.

Ich war an den Verwaltungsgebäuden vorbeigelaufen und fand mich in der Karpatenzone wieder. Ich sah die Hütten, die Holzhäuser, die Kirchen, die Windmühlen. Die Wiesen, die ich so saftgrün in Erinnerung hatte, und die Blumen, sie machten einen vertrockneten Eindruck. Es hatte wohl in diesem Frühjahr schon länger nicht geregnet. Vielleicht war es die Jahreszeit, vielleicht der Klimawandel, durch den die Niederschläge seltener und dafür heftiger wurden. Das Gelände war zu groß, als dass man es ausreichend bewässern hätte können. Und es wäre wohl Verschwendung gewesen. Wie ich hörte, war vor Jahren ein Holzhaus der Brandstiftung zum Opfer gefallen. Die Feuerwehr und Sicherungsdienste sind seitdem verstärkt worden, aber was weg ist, ist weg. Ich suchte immer noch nach unserer Wiese. Als Mikhailyuk mir gestern erst das Foto gezeigt und dann zusammen mit mir die Bilder auf der Homepage angeschaut hatte, da hatte ich den Park vor meinen Augen. Alles war an seinem Platz gewesen und fügte sich zu einem Film zusammen. Nun merkte ich, dass es doch nur Schnipsel waren, die ich gesehen hatte. Alles andere war nur in meiner Vorstellung abgelaufen. Das Bild, das mir Mikhailyuk hingehalten hatte, war natürlich real und auch das Foto, das bei mir zuhause im Album steckte.

Was ich jetzt sah, ließ sich dagegen alles nicht zusammenfügen. Eine Kirche und noch eine. Ein Holzhaus stand neben dem anderen. Eine kleine Windmühle und 50 Meter weiter eine weitere Windmühle und dazwischen Grashalme, etwas braun. Die Grashalme formten aber keine Wiese, ein jeder stand für sich, was natürlich Unsinn ist. Aber in meiner Wahrnehmung standen die Dinge alle nebeneinander, ohne sich zu berühren oder ein Ganzes zu ergeben.

Ich kenne das vom Einschlafen. Manchmal gelingt es mir, einen Film aufzubauen. Das muss nichts Reales sein. Da fliege ich durch die Luft und fahre mit dem Snowboard auf einer Piste weiter, dann hebe ich wieder ab oder fahre mit dem Raketenauto, ein bisschen wie das auch in Fantasyfilmen der Fall ist oder bei James Bond. Alles ist miteinander verbunden. Wenn ich mir vorstelle, mit einem Paragleiter zu fliegen, und danach lande und der Paragleiter wird von dem Verleihunternehmen wieder zurückgenommen, dann ist der Film zu Ende, und ich kann nicht einschlafen.

Ich schaute mir ein wenig die Häuser an, die Wohnhäuser hatten ein Reetdach und verputzte Außenwände, meist weiß, viele Kirchen waren mit Schieferplatten bedeckt und hatten oft eine Holzfassade, manche Häuser waren im Blockhüttenstil gebaut aus Baumstämmen. Manche Kirchendächer waren grün, weil auf dem Blech der Grünspan angesetzt hatte. Ich hatte keine Lust hineinzugehen. Die Räume wären vermutlich zu eng und zu erdrückend. Die anderen Besucher würden mich stören, wenn ich denn überhaupt welche zur gleichen Zeit treffen würde. Obgleich ich ja an der frischen Luft war, hatte ich das Gefühl, nicht atmen zu können. Ich wollte weiter zu meiner Wiese, zu unserer Wiese. Auch wenn ich mir vorgenommen hatte, die Blumenwiese nicht gezielt zu suchen und mich einfach treiben zu lassen, so musste ich mir eingestehen, dass ich das nicht konnte. Es war eine Art selbst verordneter Ruhe, die sich aber nicht einstellen wollte. Letztendlich war es aber auch möglich, dass ich auch auf meiner Wiese keine Ruhe fände. Es war ja gar nicht klar, ob sie überhaupt noch existierte. Es war vielleicht eine Frühlingswiese gewesen, noch nicht abgemäht und deshalb so grün. Alles war mir im Augenblick zu wuselig, was fast schon schizophren erscheint. Es gab ja keine Menschenmassen. Als wuselig würde ich normalerweise einen Markt in China oder Indien bezeichnen, wenn sich tausende Menschen drängeln, schreien, sich auf die Füße treten, (auf den Boden) spucken, in einer Versteigerung sich das ersteigerte Gut oder Tier gegenseitig aus den Händen reißen. In anderen Situationen finde ich Menschenmassen interessant und gehe manchmal selber in der Menge unter, ohne das Gefühl zu bekommen, verloren zu gehen, wie beispielsweise in einer vollen Kölner Kneipe am Rosenmontag. Nun hatte ich irgendwie das Gefühl, von Menschenmassen, wenn nicht erdrückt, so doch zumindest bedrängt zu werden, von Menschen, die gar nicht da waren. Ich lief weiter durch den Park in der Hoffnung, einen stillen Ort zu finden.

Im Dnipro-Gebiet mit seinen Wohnhäusern und Windmühlen fand ich schließlich eine grüne Wiese. Die Blumen und Gräser standen kniehoch, und ich legte mich einfach hinein. Vom Weg aus konnte man mich nicht sehen, natürlich war das Gras auf dem Weg dorthin für eine Weile niedergetrampelt, und da, wo ich mich hingelegt hatte, klaffte ein Loch. Wenn es einen interessierte. Auch hier waren keine Meuten unterwegs. Die Sonne wärmte. Ich hatte meine Ruhe und machte die Augen zu.

Für eine Weile frönte ich dem Farbenspiel, das entsteht, wenn man mit geschlossenen Augenlidern in die Sonne blickt und die Lider unterschiedlich intensiv anspannt. Ich dachte in diesen Minuten an nichts und beobachtete den Wechsel von Rot zu Orange und Gelb, manchmal auch Grün, Sterne funkelten. Alles ergab sich, das Farbenspiel war nicht geplant und trotzdem ging eine Phase in die andere über, als ob ein genialer Plan dahintersteckte.

Die Sonne schien mittlerweile mächtig warm. Ich zog die Jeansjacke aus, breitete sie aus und wollte noch ein wenig weiterdösen. Kurz überlegte ich noch einmal, die Wiese zu suchen. Dafür war ich auch in das Pirogovo-Museum gekommen; ich hätte ein Ziel. Ich versuchte mich zu erinnern. Wir, Sveta und ich, hatten das Gelände über den regulären Eingang erreicht. Sveta hatte mir bei jedem Museumsbesuch wiederholt und vehement eingebläut, bloß nicht den Mund aufzumachen und etwas in Russisch zu sagen oder es zu versuchen und am besten etwas apathisch zu gucken. Dann würde ich als Ukrainer oder Einheimischer durchgehen, und ich müsste nicht den Touristenpreis zahlen. Das hatte sie immer als Abzocke angesehen, wenn nicht gar Betrug dahinter vermutet. Nachdem wir alle architektonischen Highlights gesehen hatten, oder zumindest genug davon gesehen hatten, hatten wir das Päuschen auf der

Wiese oberhalb der Böschung eingelegt. Es konnte gut sein, dass wir das Gelände des Freilichtmuseums dann über die Böschung verlassen hatten. Eine Einzäunung hatte ich damals nicht wahrgenommen. Vielleicht hatte es an dieser Stelle eine natürliche Begrenzung der Anlage gegeben, so dass man hier nicht unnötig Material für einen Zaun hatte vergeuden wollen. Zudem hatte Sveta eine Abkürzung nehmen wollen. Ich hatte schon gesagt, dass der Park im Jahr 2000 verkehrstechnisch noch nicht so komfortabel angebunden war. Wenn es eine Abkürzung gegeben hatte, dann hatte Sveta diese gekannt und wir hatten diese dann auch genommen. Später waren wir in diesen herrlich warmen Sommerregen, kalendarisch musste es noch Frühjahr gewesen sein, hineingeraten und hatten dann ziemlich durchnässt in einem neu eröffneten Café Halt gemacht, um uns zu wärmen und zu trocknen. In diesem Moment war ich mir ziemlich sicher, dass wir den Park über die Abkürzung verlassen hatten. Ich wusste nicht, auf welcher Seite des Parks dieser alternative Ausgang lag und wie ich am besten dorthin käme. Es wäre wohl das Beste, noch ein paar Minuten im Gras zu verweilen und dann langsam den Rückweg anzutreten. Ich wollte noch etwas Frisches anziehen, bevor mich Mikhailyuk am Hotel abholte.

20. Februar 2022

Hallo Herr Silbermann. Ich hoffe, Sie haben ein bisschen entspannt. Es ist heute ein schöner Tag. Was haben Sie gemacht? Sind Sie ins Pirogovo-Museum gefahren?«

»Hallo Herr Mikhailyuk. Danke der Nachfrage und danke für den Vorschlag, den Pirogovo-Park zu besuchen. Ich war da. Ich habe mir ein wenig den Park angeschaut. Später war es ja so warm, dass ich mich ins Gras gelegt und geschlafen habe.«

»Haben Sie den Park wiedererkannt? Konnten Sie sich an Details erinnern? Haben Sie Ihre Wiese gefunden? Haben Sie nach ihr gesucht?«

»Ja und nein. Ich war etwas hin- und hergerissen. Wissen Sie, ich hatte mir vorgenommen, das Freilichtgelände einfach so zu besuchen und dort etwas abzuschalten, dann wollte ich aber doch nach der Wiese suchen. Die Idee, nach der Wiese zu suchen, ließ sich nicht einfach ausradieren. Wissen Sie, wenn Sie einschlafen wollen und sich vornehmen, an dies oder jenes nicht zu denken, dann ploppt das immer wieder auf. Da können Sie dann gegenargumentieren, dass es vernünftiger ist, sich erst am nächsten Tag darüber Gedanken zu machen. Vielleicht geben Sie sich selber Recht und entscheiden sich, den Gedanken zu vergessen und ihn auf den nächsten Tag zu verschieben. Und dann ist der Gedanke wieder da. So war das auch mit der Wiese, so ähnlich jedenfalls. Am Ende hatte ich aber eine grüne Wiese gefunden, etwas abseits des Weges, und habe mich dort hingelegt und die Sonne genossen. Ich bin mir inzwischen auch sehr sicher, dass die Aufnahme in dem Park gemacht wurde. Ich bin gespannt auf die weiteren Aufnahmen. Naja, etwas unwohl ist mir auch. Sie verstehen das, oder?«

»Конечно.« Mikhailyuk nickte. »Sie wollen aber weiterhin die Videos sehen? Wie ich gehört habe, konnten die Kollegen von der digitalen Forensik die Festplatte zum Laufen bringen. Es sind einige Videos abgespeichert. Es ist wohl ziemlich viel Material, ich weiß nicht, ob Sie sich das alles anschauen wollen. Die Entscheidung liegt bei Ihnen. Außerdem haben die Kollegen einiges über den Erpressungsversuch herausgefunden.«

»Ja, ich will immer noch. Sind Sie mit dem Wagen da? Haben Sie sich bringen lassen?«

»Kommen Sie hier herüber. Den habe ich vor drei Jahren gekauft.« Mikhailyuk zeigte auf ein älteres Golfmodell. Den Golf 2 hatte ich mir wegen seiner kantigen Form merken können, die nachfolgenden Modelle konnte ich nicht wirklich voneinander unterscheiden. Ich bin kein Golf-Fahrer, im Gegenteil, ich hatte mich im vergangenen Jahr für ein Modell aus rumänischer Produktion entschieden, welchem ich einen hohen Qualitätsstandard bescheinigen kann. Ich verstand aber durchaus Ausländer, die immer noch an die Qualität der deutschen Autos glaubten. Bei dem roten Golf 3, den mir Mikhailyuk zeigte, konnte ich das nicht beurteilen. Optisch sah er noch gut aus. Und eine Frage, die man immer stellen kann:

»Wie viel hat der schon runter?«

»2012 hatte er 130.000. Jetzt sind noch einmal 30.000 hinzugekommen. Motor läuft immer noch gut. Die Vorbesitzer waren damals zur EM gekommen und wollten wohl nicht wieder mit dem Auto zurück. Die Hinfahrt wäre wohl eine Tortur gewesen, auch weil die Vorbesitzer die Schilder nicht richtig hatten lesen können. Ich habe ihn für 1000 Euro gekauft und bin zufrieden. Neue Reifen hat er bekommen, sonst habe ich noch nichts gemacht.«

Wir stiegen ein.

»Wir fahren ins Polizeipräsidium. Wir müssen ein wenig fahren. Seit einigen Monaten sind wir mit unserer Abteilung umgezogen. In unseren alten Räumen musste wohl irgendetwas sehr Wichtiges untergebracht werden. Wir sind auch wichtig, aber der Präsident, also der Polizeipräsident, meinte, für unsere Aufgaben müssten wir nicht die Räume am Chreschtschatyk belegen. Naja, dann haben wir etwas Zeit und ich erkläre Ihnen, was die Kollegen über den Erpresser herausgefunden haben.«

»И что?«

»Also, ich muss erst einmal vorwegschicken: Ich erzähle Ihnen die Kurzversion, eine Zusammenfassung, die stimmt vielleicht auch nicht bis ins letzte Detail. Aber dann wissen Sie erstmal grob Bescheid.

Frau Marukova ist seit längerer Zeit vom Geheimdienst der Ukraine überwacht worden. Sie haben ja die Bilder gesehen. Wir wissen nicht genau, wie lange die Überwachung zurückreicht. Seit wann kennen Sie Frau Marukova? Wo haben Sie sich kennengelernt?«

»1998 in Berlin, aber wir haben uns dann erst im Jahr 2000 wieder gesehen. Budapest, da gibt es, glaube ich, auch ein Foto von, war im November 2000.«

»Wir vermuten, dass eine Kontaktaufnahme durch den Geheimdienst stattfand, als Frau Marukova ihr Studium aufgenommen hat. Wie Sie wissen, hatte Frau Marukova National and International Politics studiert. Weil die Leute dieses Studiengangs während ihres Studiums viele Kontakte ins Ausland knüpfen, sind sie für den Geheimdienst in der Vergangenheit immer von besonderem Interesse gewesen und wurden – wie es jetzt ist, weiß ich nicht – gerne angesprochen. Die Ansprache durch den Geheimdienst ist unterschiedlich erfolgreich. Wenn es der Kontaktperson vom SBU, dem Sluschba bespeky Ukrajiny, gelingt, die potentiellen Informanten davon zu überzeugen, dass ihre Mitarbeit von größter Bedeutung und im nationalen Interesse ist, dann haben sie den Fisch an der Angel.

Nachdem die Ukraine 1991 ihre Unabhängigkeit erklärt hat, haben sich im Land viele Vereinigungen und Bewegungen gegründet, die die Traditionen der Ukrainer, insbesondere solche, die die nationale Identität befördern, gepflegt und nach Möglichkeit einem breiteren Publikum zugänglich gemacht haben. Ich will das nicht werten, aber im Grunde genommen waren die Leute der Bewegung in missionarischer Art und Weise unterwegs. Ich glaube, ich sprach die Thematik der Nationalstaatsbildung gestern schon einmal an. Es ist gut – nein, lassen Sie mich das so sagen – für die Schaffung eines nationalen Bewusstseins ist es gut, wenn sich Menschen auf gemeinsame Traditionen berufen können. In manchen Ländern hat sich dieser Prozess schon vor Jahrhunderten vollzogen. In Deutschland musste man meines Erachtens im 19. Jahrhundert auch erst ein wenig von intellektueller Seite nachhelfen, um ein Nationalstaatsgefühl zu erwecken, damit sich ein Sachse oder Badener eben auch als Deutscher fühlt. Die Ukraine ist eben später dran, was die Schaffung einer nationalen Identität angeht. Die Ukraine stand lange Zeit unter polnisch-litauischer Fremdherrschaft, die Kosaken haben dann in der zweiten Hälfte des 17. Jahrhunderts die Russen als Verbündete gesucht. Die sind wir seitdem nicht mehr losgeworden. Die Ukraine hat nur kurze Zeit als Nationalstaat existiert, dann war alles sowjetisch und die Menschen haben das spezifisch Ukrainische wieder vergessen. Ich möchte Sie mit meinen Ausführungen nicht langweilen. Ich kürze ein wenig ab. Wir glauben, dass auch Frau Marukova in einer Art nationaler Mission unterwegs war, und insofern traf die Ansprache durch den SBU auf Gehör und fiel auf fruchtbaren Boden.

Angesprochen hat Frau Marukova damals der Offizier Wjatscheslaw Peskow vom SBU, Jahrgang 1973, und damit nur wenig älter als sie. Herr Peskow hat auch eine ganz interessante Vita. Ich will nicht abschweifen, naja, Sie sehen ja, es gibt viel Verkehr. Leider gibt es auch keine schnellere Verbindung ins Polizeipräsidium. Um diese Uhrzeit sind alle Wege gleich beschissen. Ich glaube, die Zeit reicht für all das, was ich weiß. Erstens weiß ich nicht alles. Und zweitens kann ich Ihnen auch noch etwas bei den Videos erzählen. Es gibt keinen Ton dazu.

Also Wjatscheslaw Peskow ist selber in einem Waisenheim in der Sowjetunion groß geworden, irgendwo in der Bukowina. Die Eltern wurden wegen staatsfeindlicher Agitation 1974 ins Arbeitslager gesteckt, Wjatscheslaw Peskow kam in das Waisenheim und wurde im Sinne der sozialistischen Ideale herangezogen. Die Eltern hatten 15 Jahre bekommen.

Möglicherweise sind sie unter Gorbatschow eher herausgekommen. Entweder wollte der Junge dann nichts mehr von ihnen wissen oder sie nichts von ihm. Das ist nicht bekannt. Peskow hat sich nach Beendigung der Schule für Staatswissenschaften und Geschichte eingeschrieben. Ich glaube, er hat sich fast freiwillig für den Dienst beim SBU gemeldet. Was ich sagen will, er musste nicht lange überredet werden, dass die Zusammenarbeit mit dem Geheimdienst eine gute Sache ist. Nach dem Studium hat er ganz gewechselt. Die Leitung des SBU hat ihn dann vornehmlich zur Anwerbung an den Universitäten eingesetzt, weil er noch jung war und die Barriere zu den Studenten dann einfach niedriger ist. Ich glaube, die Leitung hatte ihm eine Stelle in der Universität als Tutor besorgt. Der Auftrag an die angeworbenen Informanten lautete dann immer: Augen aufhalten, Monatsbericht schreiben, wen sie wo und wann kennen gelernt haben. Gegebenenfalls kamen dann Folgeaufträge dazu, wie mal eine Kopie ziehen, aber insgesamt alles nicht zu aufdringlich. Peskow musste sich dann mehr für Frau Marukova interessiert haben oder sie für ihn. In jedem Fall hatte Peskow es geschafft, im Umfeld von Frau Marukova Kameras zu installieren und sie an der einen oder anderen Stelle auch außerhalb des Apartments zu beschatten oder sie durch befreundete Geheimdienste beschatten zu lassen. Was da jetzt inhaltlich so wichtig war, konnten die Kollegen noch nicht herausfinden.

Peskow ist nach dem Sturz von Janukowitsch als einer der ersten aus dem SBU entlassen worden. Irgendwer hatte ihm Doppelspionage vorgeworfen. Er soll für den SBU und gleichzeitig für die Russen gearbeitet haben. Peskow hat ab da an, seit seiner Entlassung, auf eigene Rechnung gearbeitet. Er hat sich Kopien gezogen von allen seinen dienstlichen Videos. Wahrscheinlich hatte er das schon vorher gemacht. Er hat sich dann in den Donbass abgesetzt und von dort aus seine Opfer erpresst.

Frau Marukova ist eine unter mehreren Betroffenen. Die Kollegen konnten wohl herausfinden, dass Peskow ein Konto in Russland bei einer Bank in Rostov hat, auf das schon einige seiner Opfer eingezahlt haben. Frau Marukova noch nicht.

Entweder wollte sie nicht oder sie konnte nicht. An Peskow kommen wir nicht heran. Er sitzt im Donbass und lässt es sich dort gut gehen, vermutlich jedenfalls. Nach Russland kann er immer rüber. Und Erpressung und Cyber-Angriffe gehen auch von Donezk aus. So ist die Lage. Wir werden in den nächsten Tagen versuchen, an die anderen Erpressungsopfer heranzukommen und das Gespräch mit ihnen zu suchen. Wir können gegen die Veröffentlichung von Bildern vergleichsweise wenig machen, aber wir wollen auf jeden Fall verhindern, dass noch mehr Frauen oder Männer sich das Leben nehmen, weil sie erpresst werden. Wir überlegen, psychologische Hilfe anzubieten. Für Frau Marukova tut es mir leid, sehr leid. Da sind wir zu spät.

Die Kollegen konnten das E-Mail-Account von Frau Marukova knacken. Damit sind wir an ihre Mails herangekommen und konnten auch sehen, wer sie erpresst hat.

Peskow ist sich seiner Sache ziemlich sicher und operiert unter seinem eigenen Namen. Naja, in den Donbass kommen wir so schnell auch nicht mehr herein. Die neuen Donbass-Machthaber sind im Grunde genommen über alles froh, was Geld hereinspült. Militärmittel kommen eh aus Russland und von der russischen Söldnergruppe Wagner. Die kämpfen dann auch gleich, da müssen sich die Russen aus Russland nicht die Finger dreckig machen und können immer ihre weiße Weste zeigen.

23. Februar 2022

Die Videos wurden gestern Morgen auch an Dmitrij Pulatov geschickt, das ist ihr Ehemann, wissen Sie das? Wahrscheinlich war das dann der Auslöser für ihren Sprung aus dem Fenster. Es war eine Kurzschlusshandlung, ich bin mir sehr sicher. Sie kennen sie doch, wie ging sie mit Problemen um, und wie verhielt sie sich in Stresssituationen? Wir haben inzwischen natürlich auch die Familie informiert über den tragischen Tod von Sveta. Ich hoffe, Sie nehmen mir das nicht übel, ich sage jetzt Sveta. Für Sie ist es ja Sveta und nicht Frau Marukova. Die Familie war gestern Abend noch in der Wohnung. Sveta wurde mittlerweile in die Gerichtsmedizin gebracht. Ich denke, die Familie, also ihre Eltern und ihr Bruder, sind heute schon da gewesen. Ihr Mann wird auch kurzfristig vorbeischauen. Er muss aus Dänemark anreisen. Die meisten Videos sind ja alt. Nur eins ist jüngeren Datums. Es ist vom Herbst 2013, sagen die Kollegen. Wir werden sehen. Sie wollen ja später auch noch zu Sveta. Um sie in der Gerichtsmedizin zu sehen, ist ohnehin eine Anmeldung erforderlich. Ich denke, es lässt sich so arrangieren, dass Sie nicht mit der Familie oder Dmitrij Pulatov zusammentreffen müssen. Ist das in Ihrem Sinne?«

Ich nickte kurz, was Mikhailyuk während der Fahrt nicht sehen konnte, und ergänzte ein kurzes »Конечно«, was mir irgendwie passender vorkam als ein »sure« oder »of course«.

»Wir sind auch gleich da, zwei Straßenecken noch.«

Sveta hatte sich immer darüber beklagt, das selbst einige der Präsidenten der Ukraine die ukrainische Sprache nicht fehlerfrei gesprochen hatten, vermutlich, weil Russisch ihre Muttersprache war und das Ukrainische nur beigebracht. Die betreffenden Präsidenten waren in der Regel aus dem eher prorussischen Lager gekommen. Wenn ich heute die Diskussionen verfolge und auch die Argumentation aus dem Kreml, das Ukrainische sei keine eigene Sprache, dann verstehe ich besser, warum Sveta immer so vehement für die Eigenständigkeit des Ukrainischen eingetreten ist. Russland unter Jelzin waren Jahre des Chaos, des Ausverkaufs von Staatseigentum, Russland war vollkommen nach innen orientiert. Seit Putins Amtsantritt findet eine Konsolidierung statt nach innen und nach außen. Wenn man Russland eine gewisse Legitimation des eigenen Machterhalts nicht gänzlich abspricht, so bleibt zu konstatieren, dass Interessen anderer Nationen wie die der Ukraine bei dieser Betrachtung von weit untergeordneter Bedeutung sind. Die Frage ist: Was kann man Russland geben, damit es eine stärkere Eigenständigkeit der Ukraine akzeptiert und demokratische Entwicklungen im Nachbarland zulässt, ohne Angst haben zu müssen, dass diese Bewegungen ins eigene Land überschwappen? Die zweite Frage ist, was kann von dritter Seite beigesteuert werden, damit eine Verständigung leichter möglich ist? Wenn sich zwei um einen Kuchen streiten und sie möchten ihn partout nicht teilen, dann ist vielleicht doch eine Einigung möglich, wenn aus der Backstube ein weiterer Kuchen geliefert wird oder ein Blech mit Keksen.

Wir hielten auf einem zweireihigen Parkplatz, der sich vor einem fünfstöckigen langgezogenen Betonriegel erstreckte. Der Bau war in die Jahre gekommen, aber vermutlich noch nicht so alt, wie er aussah.

»Wir sind da. Kommen Sie, Herr Silbermann. Wir haben Glück, unsere Abteilung sitzt in der dritten Etage. Das Gebäude soll demnächst etwas modernisiert werden. Dann bekommen wir einen zusätzlichen Aufzug am Südende, wo mein Büro ist. Im Augenblick gibt es nur einen Lift auf der Nordseite; es ist aber nicht sicher, ob er heute in Betrieb ist. Naja, ich denke, Sie sind noch gut zu Fuß, und über die Probleme der Kollegen im fünften Stock müssen wir uns in diesem Moment keine Gedanken machen, oder?«

»Da haben Sie wohl Recht. Wichtig ist ja, dass wir vorankommen. Das Wie ist manchmal von sekundärer Bedeutung. Aber sagen Sie, der Computer läuft, oder?«

Ich hatte versucht, in Russisch zu formulieren, war mir dann aber doch nicht so sicher, ob die beabsichtigte Ironie zu Mikhailyuk durchgedrungen war. Wir waren zwischenzeitlich am Eingang des Treppenhauses angekommen.

»Das werden wir gleich sehen. Wie Sie wissen, ist Tschernobyl unter anderem auch deshalb so lange am Netz geblieben, weil wir keine großen Alternativen der Energieversorgung haben. Stromausfälle gibt es aber vor allem im Winter, wenn alle Kyiver zu Hause sitzen, das Badewasser einlaufen lassen und alle Elektrogeräte auf Hochtouren laufen. Für solche Fälle haben wir doch im Hauptgebäude tatsächlich ein Notstromaggregat installiert. Während die Kyiver dann zuhause unter Umständen keinen Krimi schauen können, kann unsere Verbrechensaufklärung dann trotzdem weiterlaufen. Seien Sie unbesorgt!«

3. März 2022

Es ist zu sehen, wie ich vor dem Bett stehe. Ich habe ein T-Shirt an und Boxer. Ich beuge den Oberkörper etwas nach links, etwas nach rechts und knicke dabei etwas in der Hüfte ab. Dann kommen circa 20 Kniebeugen. Man sieht nicht ganz genau, um welche Übung es sich handelt. Die Beine sind angewinkelt, Füße und Unterschenkel sind zu sehen, Ellenbogen und Arme führe ich im Wechsel von linker und rechter Seite zu dem jeweils entgegengesetzten Knie; der Kopf kommt ins Bild. Vermutlich handelt es sich dabei um eine Art von Rumpfbeugen. Solche Übungen mache ich heute ständig; damals hatte ich sie nur dann gemacht, wenn Rückenschmerzen im Anmarsch und einige Bewegungseinheiten ebendieser Art zur medizinischen Prophylaxe unvermeidbar waren. Dann sieht man, wie ich ins Bett zu Sveta will. Sie macht mit einer Hand eine abweisende Handbewegung. Pause. Ich komme wieder. Ein Handtuch (nach dem Duschen?) ist um die Hüften gewickelt. Ich steige, springe ins Bett. Wir liegen etwas nebeneinander. Später ziehen wir uns an. Man sieht unsere nackten Körper. Schnitt.

War das Budapest? Ich wusste, dass nicht alle unsere Beziehungsphasen filmreif gewesen waren und dass es durchaus den einen oder anderen Hänger gegeben hatte, vor allem natürlich, wenn Rückenschmerzen einem allzu sorgenfreien Liebesspiel entgegengestanden hatten. Im Nachhinein verdrängt man so etwas. Ohne jetzt zu sehr abzuschweifen: Im Augenblick, wo der Gipfel, nicht der sexuelle, sondern der Berggipfel erreicht ist und eine atemberaubende Landschaft unvergesslich sich vor den Augen des Bergwanderers ausbreitet, vergisst dieser für den Moment die zuvor beim Aufstieg ertragenen körperlichen Qualen und die beim Queren von Felsspalten durchlittenen Todesängste. Selbst Fieber und schmerzende, eiternde Wunden werden für dieses Zeitfenster ausgeblendet. Stellt sich der Erfolg ein, wird alles davor zum erregenden Vorspiel. Bleibt der Erfolg aus, neigen wir dazu, die ganze Anlaufphase als vergebliche Liebesmüh zu deklarieren.

Ich wusste nicht, was in Budapest noch verfilmt worden war. Vermutlich gab es nur Aufnahmen aus dem Zimmer beziehungsweise dem Apartment. Wahrscheinlich bestand noch mehr Material, aber nicht alles war dazu geeignet, uns, ja vor allem Sveta, zu kompromittieren. Und wahrscheinlich hatte die Kamera auch nicht alles einfangen können. Sie hatte ja in dem Zimmer irgendwie unauffällig untergebracht werden müssen, und die Geheimdienstleute hatten sich nicht die gleichen Freiheiten nehmen können wie ein professioneller Kameramann beim Dreh eines Pornostreifens, wenn er seine Kamera auf einem Kamerawagen um die Gefilmten fahren oder kreisen lässt, und das mit deren Einverständnis, um diese aus unterschiedlichen Perspektiven aufzunehmen. Alles andere, was für uns beide in Budapest interessant gewesen war, wie der Besuch auf der Eisbahn und in der Sauna, war für die Beschatter entweder von geringerem Interesse oder filmtechnisch nicht umsetzbar gewesen.

Was käme nun als Nächstes? Dass der Geheimdienst in Kyiv und in der Ukraine seine treuen oder abtrünnigen Staatsbürger ausspähen konnte, konnte ich nachvollziehen. Es gab im eigenen Land vermutlich noch aus früheren Zeiten die nötige Infrastruktur, und wenn sie nicht vorhanden war, ließ sie sich wahrscheinlich durch eine Art Vermittlungsprovision an die Leute, die bei den Aufnahmen behilflich waren oder die Räumlichkeiten zur Verfügung stellten oder zugänglich machten, ohne größere Hindernisse installieren. Dass aber nun auch im Ausland ähnliche Möglichkeiten bestanden, das überraschte mich sehr. Die Zeiten, als Ungarn zum Ostblock gehörte und mehr oder weniger dem Diktat Moskaus unterstand, waren längst vorbei, und ich wähnte sie nach 25 Jahren endgültig überwunden. Oder Budapest war gar keine Ausnahme und dem Geheimdienst wäre es fast überall auf der Welt möglich, Leute zu beschatten und zu verfolgen. So wie der russische Geheimdienst überall in der Welt seine Gegner ermorden kann oder zumindest Leute an der Hand hat, die das für ihn erledigen.

Nächster Film beziehungsweise Videoclip: Sveta und ich laufen durch den Raum. Man sieht uns von hinten. Sveta läuft etwas vor mir, vielleicht einen Meter oder etwas weniger. Sveta hat ein Handtuch um den Kopf gebunden, das mit den beiden Zipfeln ein wenig so aussieht wie die Ohren von einem Häschen (wir hatten das mal so gesagt, und seitdem habe ich immer erst einmal das Bild von Sveta in meinem Kopf, wenn ich mir einen Hasen vorstellen soll …). Ansonsten ist sie nackt wie ich auch.

Sie rennt zum Tisch am Fenster. Ich hinterher. Sie bleibt an dem Tisch stehen und schiebt einige Gegenstände auf dem Tisch hin und her. Es ist nicht zu sehen, was direkt vor ihr passiert, die Kamera filmt von hinten. Sie hält einen Zettel in der Hand und hält ihn hoch, um ihn zu lesen? Dann legt sie den Zettel wieder weg. Sie führt einen Finger an ihr Ohr, die Hand geht wieder nach vorne, dann kommt sie wieder und streicht ein wenig über ihre rechte Pohälfte. In diesem Moment packe ich sie von hinten mit meinen Armen und versuche, ihr etwas wegzunehmen. Ah, es ist eine kleine Flasche, ein Fläschchen, ein Fläschchen mit Parfum? Sveta hält das Fläschchen von mir weg und den Arm ganz nach vorne. Ich versuche, ihr das Fläschchen wegzunehmen, und drücke meinen Körper an sie. Mein Arm gleitet an ihrem entlang. Meinen Kopf beuge ich zur Seite, um meinen Mund auf ihrem Nacken anzusetzen. Meinen Arm, der vorher an ihrem entlanggeglitten ist, ziehe ich langsam zurück. Arm und Hand streichen sacht an ihrer linken Seite entlang nach unten zum Popo. Ich bewege meinen Kopf langsam vom Nacken weg und unsystematisch Richtung Popo. Küssend? Ich sah nicht, was der Mund macht, ob die Zunge im Spiel ist, ob die Lippen gepresst sind oder vorsichtig über die Haut gleiten. Ich merkte, wie mich das Betrachten des Videos innerlich aufwühlte und nun umso mehr, da ich nicht wirklich sehen konnte, was passiert. Es konnte auch sein, dass ich Sveta einen dicken Knutschfleck an den Hals setze, dann müsste sie gleich reagieren. Tausend Gedankenblitze schossen mir in diesem Moment durch den Kopf.

Das war im Grunde genommen das gleiche Muster, welches in amerikanischen Filmen genutzt wird.

Wegen der im Land vorherrschenden puritanischen Prüderie, die das öffentliche und gesellschaftliche Leben umgibt und die Konventionen bestimmt, werden Sexszenen in Filmen nie im Detail gezeigt. Wenn beispielsweise der weibliche Mund einen erigierten Penis zu erreichen droht – das männliche Genital bleibt dabei schön in der Unterhose verborgen oder ist nur als Schatten zu sehen –, dann geht das Licht aus oder das zusammengeknotete Haar des wollüstigen Weibes geht plötzlich auf und verdeckt den männlichen Intimbereich. Alles Weitere findet nur in der Phantasie der Zuschauer statt. Dramaturgisch, lichttechnisch und musikalisch werden solche Szenen dermaßen geschickt aufgesetzt, dass zig Millionen von Amerikanern die Kinos stürmen und die Kassen von Hollywood klingeln lassen. Wer es liebt, kann sich das auch in europäischen Kinosälen anschauen. Von Fifty Shades of Grey war ich persönlich maßlos enttäuscht, als ich es später im Fernsehen gesehen hatte. Mir gefällt da aber meist schon der erzählerische Einstieg nicht: Reicher Schnösel lernt Aschenputtel kennen. Ich bevorzuge französische Streifen.

Sveta hatte in dieser Zeit öfter einen Grünen-Tee-Duft aufgetragen, was ich immer sehr erotisch fand und ihre natürliche Schönheit noch leicht unterstrich. Ich hatte sie ja so gemocht, wie sie war. Für mich hatte sie immer geduftet, ob jetzt mit oder ohne Parfum. Es konnte sein, dass sie sich in der im Video gezeigten Szene etwas von dem Duft aufgetragen hatte, später hatte sie ein anderes

Parfum gehabt, das ich ihr auch einige Male mitgebracht hatte, dessen Namen ich aber vergessen habe. Das hatte ich auch sehr gerne an ihr gerochen. Wenn ich heute im Aufzug fahre oder im Treppenhaus gehe und vorher ist – vermutlich – eine Dame mit diesem Duft dort gewesen, dann bin ich immer noch etwas betört. Einmal hatte ich eine jüngere Dame mit diesem Duft in der Bahn oder vielleicht auch in einem dienstlichen Zusammenhang angesprochen, ohne wirklich etwas von ihr zu wollen, einfach nur um mein Kompliment über den Duft loszuwerden. Viele Düfte stinken auch. Das ist widerlich.

Sveta dreht sich um und zeigt auf das Handtuch auf ihrem Kopf. Ich liebkose sie ein wenig von vorne, bis ich mich vor ihr hinknie und sie vermutlich weiter liebkose. Man konnte sich das in diesem Moment nur vorstellen. Die Kamera zeigt mich von hinten. Meine Haare sind kurz geschnitten und brüskieren schamlos auf dem Kopf die kahlen Stellen, die viel großflächiger sind, als ich mir das vor dem Spiegel in dieser Zeit wahrscheinlich vorgestellt hatte. Sveta sagt irgendetwas und zeigt noch einmal auf das Handtuch. Das hatte sie immer dann umgelegt, wenn sie die Haare gewaschen hatte und sie trocknen mussten. Ein Fön war auf Reisen oft nicht vorhanden gewesen. Für die Haare ist die Handtuchtrocknung ohnehin gesünder.

Das erotische Element der handtuchbasierten Haartrocknung ist subjektiv und hängt auch von den persönlichen Präferenzen ab und natürlich von dem, was davor und vor allem danach kommt. Ich hatte jedenfalls immer warten müssen, bis die Haare trocken waren und Sveta das Handtuch abnahm. In meinem Kopf, in den die Kamera nicht hatte hineinfilmen können, hatten sich in diesem Moment vermutlich erotische Kapriolen überschlagen. Aus der Perspektive eines Lesers bedauerlich, aber ich betrachtete in diesem Augenblick an Mikhailyuks Schreibtisch nur mein damals bereits stark ausgedünntes Haupthaar.

Ich weiß nicht, ob ich damals, wenn Sveta ein Handtuch auf dem Kopf gewickelt hatte, jedes Mal oder überhaupt einmal so dezidiert darüber nachgedacht hatte. Vielmehr glaube ich, dass ich die Situation damals einfach so erlebt hatte und nun im Nachhinein versuche, sie analytisch auseinanderzunehmen, ungefähr so, wie auch Psychologen und Psychiater versuchen, die Gedankengänge ihrer Patienten aus der Retrospektive als logisch, konsequent oder zumindest verständlich zu erklären.

Ich kenne Frauen, die sich die Haare föhnen und Frauen, die ein Handtuch um die Haare binden, um sie zu trocknen. Frauen, die sich die Haare föhnen, kann man im Schwimmbad beobachten und auch beim Frisör. Dort haben sie auch manchmal eine Trockenhaube übergestülpt. Weil das Föhnen im Schwimmbad üblicherweise vor den Kabinen erfolgt und in bekleidetem Zustand, fällt es mir schwer, dies mit Erotik in Verbindung zu bringen. Im Einzelfall kann das aber auch anders sein. Auch beim Frisör steht nicht die Erotik im Vordergrund. Es geht darum, hinterher ein perfektes Styling zu präsentieren. Wie eine unter der Trockenhaube aussieht, die zahlreichen Lockenwickler kann sich jeder vorstellen, zählt nicht. Auf das Ergebnis kommt es an. Stars, die sich operativ verschönern lassen, sehen nach der Operation erst einmal für eine Weile schrecklich und entstellt aus. Das Gesicht ist geschwollen, die Lippen (im Gesicht) vielleicht noch etwas dicker, alles ist unförmig und wirkt unproportioniert.

Schönheitschirurgen wissen das, kalkulieren aber eine vorübergehende Schwellung ein. Hinterher stellt sich dann in der Regel das gewünschte Resultat ein – von einigen ebenfalls bekannten Ausnahmen und missglückten Operationen abgesehen. So ist auch die Prozedur beim Frisör selbst nichts, womit man oder frau einen Schönheitswettbewerb gewinnen würde. Wenn eine Frau endlich den Frisörsalon verlässt, geht sie gerne noch ein wenig durch die Straßen oder setzt sich in ein Café, um sich und die neue Frisur der potenziellen Konkurrenz oder den Verehrern zu präsentieren.

Die Mutter eines Schulkameraden, den wir morgens auf dem Weg zur Grundschule als Letztes in der Reihenfolge abholten, föhnte sich vor dem Gang ins Büro immer ihre üppige Haarpracht; die Frisur hatte wohl in den 60ern noch als schick gegolten. Sie stand dann immer für uns gut sichtbar in Strumpfhose und Bluse im Bad. Wegen der großen Hitzeentwicklung und auch wegen der Mengen von versprühtem Haarspray und Conditioner war die Tür immer weit geöffnet. Die Mutter des Schulkameraden war – soweit ich das damals beurteilen konnte und mich heute erinnern kann – nicht hässlich, aber wenn etwas nicht in der Luft lag, dann war es Erotik. Das ist kurz gesagt das, was ich mit dem Föhnen weiblicher Haare assoziiere.

Das Handtuch um Svetas Haare erschien mir hingegen wie eine Schleife, die um ein Geschenk gebunden ist und die der Beschenkte unbedingt lösen muss, um an das Verpackte heranzukommen. Und dann empfiehlt es sich, die Schleife mit Ruhe zu lösen, damit sich das Band nicht noch verheddert oder verknotet. Aber noch durfte ich die Schleife nicht öffnen. Wenn ich es genau betrachte, ist das Bild mit dem Geschenk nicht sachgerecht, denn Sveta war ja im Grunde genommen unverpackt. Mit einem Kuchen oder Brotlaib, die noch backen müssen, bevor ein Verzehr möglich ist, möchte ich Sveta dann doch nicht vergleichen.

4. März 2022

Sveta nimmt mich, der immer noch in der Hocke ist, an die Hand und führt mich zum Bett. Mein Glied ist erigiert, das fängt die Kamera ein. Details erspare ich mir hier.

Wir legen uns beide auf das Bett. Sveta lehnt sich an die Wand, ich liege seitlich vor ihr, den Rücken zur Kamera hin. Sie feilt ein wenig an ihren Fingernägeln und trägt dann Nagellack auf. Man hätte jetzt heranzoomen müssen, um die Farbe zu erkennen. Ich nehme Svetas Hände und puste ein wenig über die Fingernägel. Sveta lacht und legt meine Hand zur Seite und ihre beiden Hände auf die Bettdecke, die sie sich bis zum Bauchnabel hochzieht.

Ich drehe mich ein wenig und mache eine Art Katzenbuckel, mein Arsch, der leicht behaart ist, ist zur Kamera ausgerichtet. Je nachdem, wie ich mich bewege, kann man mehr oder weniger tief in die Arschritze hineinsehen. Haare lugen hervor und sind besser zu sehen, wenn ich den Rücken etwas durchdrücke. Ich schaue mir selten meinen Hintern an, noch seltener schaue ich zwischen die Arschbacken, jedenfalls was meinen Hintern betrifft. Wenn man den Körper der Partnerin mit den Lippen abfährt, kommt man irgendwann auch in die Nähe der Poritze. Das ist das, was ich jetzt sah. Glücklicherweise lief der Film weiter. Ich schiebe meinen Kopf etwas unter die Decke. Mein Hintern ist weiterhin zu sehen. Das möchte ich jetzt aber nicht beschreiben. Man sieht, wie mein Kopf etwas unter der Decke herumwühlt. Dann kommt Svetas linkes Bein unter der Decke etwas ruck-artig hervor. Sveta stellt ihren linken Fuß auf meinen Rücken. Mit den Zehen spielt sie ein wenig herum, so als ob sie auf meinem Rücken Klavier spielt, einfüßig. Wenn Svetas Beine länger gewesen wären, wäre die Äs-thetik vollkommen gewesen. Naja, aber Svetas Bein ist schön, sehr schön. Ich hatte sie gemocht, Svetas Beine, und ihre Füße auch, von denen der eine gerade Klavier spielte. Weil sie so klein waren, wären sie dann für eine Klaviertastatur doch nicht wirklich geeignet gewesen. Gedanken kennen keine Tabus, keine moralischen und auch keine sexuellen.

Das Klavierstück für den linken Fuß setzt Sveta noch einige Zeit fort. Als ich bei ihr in Kyiv zu Besuch und in ihrem Zimmer gewesen war, hatte sie einmal etwas nur mit der linken Hand vorgespielt und sich dann dafür entschuldigt, dass es nicht so perfekt war. Vermutlich war es eine Übung gewesen. Als Sveta geboren worden war, waren die Lehrer in der Sowjetunion noch streng gewesen; ich wusste nicht, wie das bei ihr gewesen war. Bei mir selbst war die frühkindliche musikalische Erzie-hung nicht von Erfolg gekrönt gewesen. Natürlich war immer etwas dabei herausgekommen, aber der Einsatz war unverhältnismäßig hoch gewesen. Mit viel Arbeit konnte man wahrscheinlich auch einen Elefanten zum Klavierspielen bringen. Ich selbst hatte oft das Gefühl gehabt, nicht allzu weit davon entfernt gewesen zu sein. Vielleicht hatte auch die erzieherische Strenge gefehlt.

Umso mehr hatte mich Svetas gelegentliches Klavier-spiel fasziniert. Ob ich in diesem Moment daran ge-dacht hatte, war rückblickend in Mikhailyuks Büro nicht mehr zu beurteilen.

Später nimmt Sveta erst den Fuß von meinem Rücken und danach die Hände zu ihrem Kopf, um das Hand-tuch etwas zu lösen. Sie steht auf und geht vermutlich ins Badezimmer. Das ist nicht zu sehen. Zu sehen ist, wie ich die Bettdecke von meinem Kopf wegnehme und mich dann selbst unter die Bettdecke lege. Mein Glied scheint erschlafft zu sein. Die Kamera fängt den Moment nur kurz ein und hält dann auf mich und die bis zum Hals hochgezogene Bettdecke. Es wird kein Schnitt gemacht. Das hätte man bei einem Film erwarten können, aber hier hatte die Kamera wohl gnadenlos auf das Geschehen im Bett gehalten, egal ob etwas passierte oder nicht.

Der Erpresser hatte sich nicht die Mühe gemacht, das Material zurechtzuschneiden. Den Anfang hatte er frei-lich so gewählt, dass Sveta direkt hatte erkennen können, dass er kompromittierendes Material aufgezeichnet hatte. Die Szenen, wo nichts passierte, wie in diesem Moment, als die Kamera im Wesentlichen die Bettdecke filmte, er-höhten – neutral gesagt – die Spannung und bei mir die Unruhe. Für die Adressaten war klar, dass noch etwas kommen musste. Die Anzeige auf Mikhailyuks Com-puter zeigte weitere zwei Stunden Spielzeit an. Vielleicht war es auch weniger wie bei einer Kassette, die ich in meiner Jugend benutzt hatte, um Musik oder auch Inter-views oder Hörspiele aufzunehmen. Um ein Hörspiel mit 45 Minuten Länge aufzunehmen, hatte ich gerne eine

Kassette mit 120 Minuten genommen. Auf einer Seite waren dann 60 Minuten oder etwas weniger bespielbar, ohne dass man die Kassette umdrehen musste. Der Anfang der Kassette war auch nicht bespielbar, so dass ich das Band immer etwas vorgedreht hatte und meistens mehr als nötig. Wenn ich dann auf der anderen Seite eine längere Aufnahme abgespeichert hatte und die Kassette am Ende des Hörspiels umdrehte, war man quasi immer mittendrinnen von irgendetwas. Und meistens hatte ich vergessen, das Band nach dem Hörspiel bis zum Ende durchlaufen zu lassen. Bei Kassetten gab es ja keine Anzeige über die verbleibende Abspielzeit. Jedenfalls hatte ich das nicht bei meinem einfachen billigen Kassettenrecorder gehabt. Bei den teureren Geräten später wurden meiner Meinung nach auch die Minuten gezählt, die gespielten und die noch zu spielenden, aber der Recorder wusste dann immer noch nicht, ob die Kassette bis zum Ende bespielt war. Das konnte man nur erhören. Wie das jetzt bei dem digital bereitgestellten Filmmaterial war, wusste ich nicht. Ich wollte Mikhailyuk auch nicht fragen. Er wusste es vermutlich auch nicht besser. Und was er vermutlich auch nicht wusste, war, ob in den vermeintlich uninteressanten noch nicht gezeigten Passagen doch noch Dinge zu sehen wären, die als Grundlage zur Erpressung dienen könnten oder gegenüber Sveta bereits zur Erpressung gedient hatten. Mikhailyuk hatte von seinen Kollegen das Videomaterial bekommen und, so nahm ich an, nicht Zeit und Muße gehabt, das Material schon einmal vorab zu sichten. Ich unterstellte, dass er dem Inhalt der Filme ein weit geringeres Interesse entgegenbrachte als ich und Sveta. Der Fokus seines Ermittlungsinteresses war verständlicherweise auf die Erfassung des vollständigen Sachverhalts gerichtet, die Feststellung der Geschädigten oder Opfer, die Feststellung der Täter oder der Tätergruppe und möglicherweise die Aufdeckung der genutzten Zahlungswege sowie die Sicherstellung der bereits erpressten Gelder.

Bestimmt gehörte auch die Verhinderung weiterer Erpressungsversuche und Vermeidung weiterer Opfer zu seinen Aufgaben.

Mikhailyuk und ich schauten zu, wie ich auf dem Bett liege mit hochgezogener Bettdecke. Irgendetwas kribbelte wohl an der Nase, die reibe ich mir ein paar Mal, mit dem Daumen oder der Daumenspitze fühle ich von unten etwas das Nasenloch, bin aber sichtbar weit entfernt davon zu bohren. Wenn ich mir in der Nase gebohrt hätte, würde ich das hier nicht berichten. Außerdem wird gesagt, dass zumindest ein Mann sich weniger mit dem Entfernen von Popeln und dem Ausdrücken von Pickeln beschäftigt, wenn er in einer glücklichen Beziehung ist. Das will ich nicht kommentieren.

Mikhailyuk schaute zu mir herüber und fragte, ob er vorspulen solle. Ich schüttelte den Kopf.

Ich erinnerte mich an unseren ersten Aufenthalt in dem Apartment. Ich meine, es wäre die Zeit um Ostern gewesen. Die Ostertage selbst hatten wir bei der Familie verbracht. Ich war als guter Freund oder Bekannter aus Deutschland vorgestellt worden und hatte mich tagsüber dementsprechend zurückgehalten. Nachts schliefen die Eltern. Die Eltern waren zu Svetas Bruder ins Zimmer gezogen, ich bekam das Wohnzimmer zugeteilt. Auch für die Eltern wäre die Beherbergungssituation entspannter gewesen, wenn ich bei Sveta im Zimmer übernachtet hätte, aber so war das ihnen gegenüber nicht kommuniziert worden, und Sveta hatte dann ja schließlich auch anderweitig geheiratet. Weil dann aber eben auch Ostern war, hatte ich im Wohnzimmer meine Sachen morgens immer verstaut, die Couch klappte ich morgens zusammen und packte das Bettzeug in den Bettkasten. Spätestens abends wollten wir alle im Wohnzimmer sitzen und essen und feiern. So war das ja in Deutschland auch früher üblich, als die Wohnungen noch nicht so groß waren und wenn Verwandte zu Besuch kamen. Ob die Wohnsituation meiner Eltern nun beispielhaft war für die allgemeine Wohnsituation in Deutschland, vermag ich nicht zu beurteilen. Wahrscheinlich gab es viele Leute, die etwas geräumiger wohnten, vor allem auf dem Land, und andere, die beengter wohnten. Türken wohnten beispielsweise in den 70er Jahren zumindest in meiner Heimatstadt Brühl beengt, hatten aber die größeren Autos und das modernere und größere Fernsehgerät. Wir wohnten in den späten 60er Jahren und bis zur Mitte der 70er Jahre auf 60 Quadratmetern, die sich auf drei Zimmer verteilten. Wenn Oma und Opa zu Weihnachten für zwei Wochen zu Besuch kamen, dann räumten meine Eltern für die Großeltern ihr Schlafzimmer und übernachteten auf der ausgeklappten Couch im Wohnzimmer. Ich weiß das nur aus Erzählungen und hatte mir zu dieser Zeit wenig Gedanken darüber gemacht, was es bedeutete, wenn die Großeltern ihren Aufenthalt verlängerten.

Ich erinnerte mich, wie ich mich nach dem Osterbe-
such von Svetas Eltern verabschiedet hatte und Sveta
auch. Sie hatte gesagt, sie gehe auf eine Dienstreise, was
gelegentlich vorkam, und dann waren wir in die Innenstadt gezogen, in das Apartment. Da hatte Sveta dann
das mitgebrachte Seidennachthemd ausgepackt und
angezogen und erst einmal in den unterschiedlichsten
Variationen posiert.

Deshalb war mir auch der gepolsterte Stuhl des Apartments so gut im Gedächtnis geblieben; ich kannte ihn
von mindestens zehn verschiedenen Fotos. Im Hintergrund waren die tannengrünen Vorhänge abgelichtet.
Wir hatten es uns gut eingerichtet in dem Apartment,
die Wohnung war sehr sauber gewesen, so dass das gemeinsame Duschen und Baden gleichermaßen Spaß
gemacht hatte. An zwei Tagen hatte Sveta tatsächlich
arbeiten müssen, allerdings nicht in einer fremden Stadt,
sondern in Kyiv in ihrem Institut. Ich hatte mir tagsüber
die Beine vertreten und die nähere Umgebung erkundet.
Im Bessarabsky Markt war ein Karpfen aus einem Bassin
und in die umherstehende Menge gesprungen. Die Menschen waren dann ein wenig auseinandergestoben, denn
auch wenn einige von den Marktbesuchern wohl auch
tatsächlich für Fisch angestanden hatten, die meisten
waren doch überrascht. Ein Verkäufer hatte sich dann
schnell um den Fisch gekümmert, schließlich hatte er
noch verkauft werden sollen und musste bis dahin frisch
bleiben. Ich hatte für den Abend und die kommenden
Tage einkaufen wollen, allerdings keinen Fisch. Und
natürlich bleibe ich immer dort stehen, wo es etwas zu

sehen gibt. Wir hatten dann auch in unserem Apartment gekocht. Mein Repertoire war damals noch nicht so groß, aber für drei Abende kochen, das ging schon.

Ich erinnerte mich an den Besuch der ukrainisch-orthodoxen Ostermesse in der Nacht zum Ostersonntag. Wir, die Eltern von Sveta, Sveta, ihr Bruder und ich, waren spätabends in die Innenstadt zu einer Kirche gefahren. Sveta und ich hatten der Messe eine Stunde oder etwas mehr beigewohnt und dann die Veranstaltung für einige Zeit verlassen, weil Sveta Freunde treffen und mir die Stadt in der Osternacht zeigen wollte. Die Eltern und die übrigen Kirchenbesucher hatten dann wohl noch weitere drei Stunden in der Kirche ausgeharrt. Stühle hatte es nur für die ganz Alten gegeben. Höhepunkt der Osternacht ist die Segnung der Gläubigen und ihrer mitgebrachten Speisen, die im Anschluss und als Abschluss des Zeremoniells ungefähr um drei Uhr morgens draußen vor der Kirche stattfindet. Das ist der Erzählung nach die Zeit des ersten Hahnenschreis. Die Gemeinde versammelt sich dann draußen auf dem Kirchplatz und der Pastor schreitet mit seinem Wasserbottich die Gläubigen ab und segnet die mit Brot und anderem gefüllten Körbe, die ihm hingehalten werden. Ich glaube, der Korb, den Svetas Eltern mitgebracht hatten, war wirklich schwer gewesen. Da hatten sie alles reingepackt, was es später zuhause geben sollte, außer dem Wodka, der war im Wohnzimmerschrank geblieben. Ich erinnere mich an zwei Brote, Eier und an einen Rote-Beete-Herings-Salat. Den Rest habe ich leider vergessen, obwohl wir ja nach der Segnung nach Hause gefahren waren und dann von morgens fünf bis sieben die gesegneten Speisen im Wohnzimmer verzehrt hatten. Und das war eine ganze Menge gewesen und mehr als Brot und Salat. Die ganze Familie hatte zuhause ihre Tracht angezogen. Für mich war die Osternacht sehr beeindruckend, das lange Stehen in der Kirche, die Liturgie, die Demut, in der die Gläubigen bis zum Morgen ausharren. Als Protestant ist mir religiöser Schnickschnack weitgehend fremd. In der russischen Orthodoxie gibt es sehr ähnliche Rituale (wie in der ukrainisch-orthodoxen Kirche). Für mich wäre das vermutlich auch sehr beeindruckend, bis zu dem Zeitpunkt, wo der Pope dann zum Krieg aufruft, die Waffen für den Krieg segnet oder den ganzen Krieg heiligspricht, wie es der Moskauer Patriarch Kyrill auch gegenwärtig wieder tut. Die russisch-orthodoxe Kirche soll bis 2020 auch Massenvernichtungswaffen gesegnet haben.

Das muss jedem Menschen sehr befremdlich vorkommen. Man muss nicht mit übermäßiger Intelligenz ausgestattet und auch kein Moralapostel sein, um die Verlogenheit der Kirche und den Missbrauch des Glaubens zu erkennen.

Ich dachte auch an den Besuch auf dem Chreschtschatyk, den ich mit Sveta zu Ostern aufgesucht hatte, aber auch einmal im Winter, als Minustemperaturen herrschten. Der Chreschtschatyk ist die zentrale Straße der Hauptstadt, mehr als einen Kilometer lang und fast 100 Meter breit. Der Chreschtschatyk quert auch den Maidan, auf dem 2013 und 2014 wochenlang gegen den korrupten Präsidenten Janukowitsch demonstriert wurde. An den Besuch im Winter kann ich mich besonders gut erinnern. Die Leute standen in Gruppen zusammen. Einer hatte ein Schifferklavier mitgebracht, eine Frau sang. Ob sie zusammengehörten, wusste ich nicht. Möglicherweise hatten sie sich auch gerade erst gefunden und sich vorgenommen, dem Frost zu trotzen. Schnell hatte sich auch eine Gruppe von Tanzenden gebildet. Kein Flashmob, sondern eher traditionell. Der Boulevard war voll von spontanen Tanzveranstaltungen gewesen. Alkohol hatte ich keinen gesehen. Musik und Bewegung war das Motto. Ich hatte den Boulevard und die fröhlichen Menschenmengen als sehr sympathisch empfunden und hätte gerne noch geschaut, aber Sveta hatte mich weitergezogen, vielleicht auch aus Sorge, ich könnte sie zu einem traditionellen Tänzchen auffordern. Tanzen hatten wir erst lernen müssen, also zusammen tanzen. Sveta hatte damals meinen Seniorenschritt bemängelt. Ich glaube, die Kritik saß tief. Erst viel später hatte ich mich von dem Tiefschlag erholt und ging relaxter damit um, dass ich nicht so tanzte oder tanzen konnte wie Bobby Farrell, der Tänzer von Boney M.

10. März 2022

Es geschieht eine Viertelstunde in der Tat nichts. Während Sveta weiterhin nicht zu sehen ist, gehe ich kurz zu meinem Koffer hinüber, der auf der Kommode gegenüber liegt und aufgeklappt ist. Ich konnte mir jetzt beim Zuschauen ausdenken, was ich gesucht hatte in dem Koffer, sehen konnte ich in diesem Moment nichts und auch Mikhailyuk sah nur meinen Rücken. Danach gehe ich wieder zum Bett zurück. Da sieht man mich natürlich von vorne, aber was ich aus dem Koffer geholt habe, ist nicht klar und ich halte es auch nicht in die Kamera. Mikhailyuk fragte nicht nach; er war zu sehr Polizist und sehr korrekt.

Sveta kommt angehüpft. Das Handtuch, das ihren Kopf bedeckt hatte, ist nun weg, und sie schlupft unter die Bettdecke. Wir kuscheln ein wenig unter der Decke beziehungsweise unter den beiden Decken, die nicht immer alles so abdecken. Es ist nicht viel zu sehen, aber Sveta zieht ihre Decke immer ein wenig zurecht, wenn irgendwo ein Luftloch entstanden ist. Sie hatte es gerne warm. Ich hatte mich erst daran gewöhnen müssen, dass nachts das Fenster geschlossen sein und die Heizung zumindest zum Einschlafen auf 25 Grad stehen musste. Aber was macht man nicht alles für die Liebe. Alles war dann noch heißer.

Das Licht geht aus. Schnitt.

Die nächste Szene findet wohl am nächsten Tag oder am nächsten Morgen statt. Das Tageslicht scheint durch die Gardinen herein, die dicken tannengrünen Vorhänge sind aufgezogen. Ich bin schon wach und schaue auf meine Armbanduhr, die auf dem Tischchen liegt, das am Kopfende der Couch steht. Danach schlafe ich weiter, zumindest tue ich so, als ob. Sveta wollte morgens immer länger schlafen.

Wenn sie ausgeschlafen hatte, war sie bereit für das Liebesspiel und forderte dieses auch ein. Ich küsse Sveta ungefähr zehn Minuten wach. Man sah nicht, dass ich sie küsste, denn die Kamera filmte ja nur meinen Hinterkopf und meine Zunge hing auch nicht so heraus wie bei einem Hund, aber zumindest ich konnte mir das in diesem Moment denken. Mikhailyuk wusste vermutlich auch, dass ich an Sveta keine dermatologische Untersuchung vornahm, wenn ich mit dem Gesicht ihren Körper abfuhr und anschließend mit dem Gesicht in ihrem Schritt verweilte. Die Kamera fängt das ein beziehungsweise meinen Hintern, den ich unbeabsichtigt den Voyeuren vom Geheimdienst präsentiere. Nachher drehe ich mich um und knie im Vierfüßerstand über Sveta, die Knie und Unterschenkel neben ihren Schultern, den Kopf im Bauchnabelbereich und darunter. Nach zwei Minuten streckt Sveta die Arme über ihren Kopf nach oben und streckt sich. Sveta bewegt ihr Becken ein wenig hin und her, nach rechts und nach links und auch nach oben und unten. Das kann man gut erkennen. Ich bin froh, dass der Film ohne Ton ist. Danach lege ich mich vorsichtig über Sveta, mein Becken ist durchgedrückt, Svetas Füße klemmen unter meinen Arschbacken. Rhythmische Bewegungen sind zu sehen. Ich hatte unbeabsichtigt auf die Restlaufzeit des Videos geblickt und schaute nun, wo wir fertig waren, noch einmal: neun Minuten. Naja, wir hatten noch ein volles Tagesprogramm zu absolvieren. Abends könnten wir uns mehr Zeit lassen. Schnitt.

Wieder oder immer noch das Apartment. Sveta kommt ins Bild. Sie zieht sich aus. Sie wühlt dann in der Schublade der Kommode und holt etwas heraus. Ich konnte nicht genau sehen, was, und Mikhailyuk vermutlich auch nicht. Sie geht zu der Stehlampe, die neben dem Sessel an der Fensterfront steht, und knipst diese an. Sveta zieht die grünen Vorhänge zu. Dann läuft sie durch den Raum an der Kommode vorbei und Richtung Tür. Sie wackelt dabei ein wenig mit ihrem (nackten) Hintern. Dann hat die Kamera sie verloren. Es wird dunkler, vermutlich hat Sveta die an der Decke hängende Lampe ausgeschaltet. Diese hatte immer für eine gute Beleuchtung des Raumes gesorgt, aber Gemütlichkeit hatte sich bei dem grellen Licht nicht einstellen können. Sveta kommt wieder ins Bild. Diesmal sieht man sie von vorne. Sie schwingt die Hüften ein wenig und wackelt mit einem Gegenstand in ihrer Hand. Ich vermutete, es waren die Sachen, die sie vorher aus der Schublade herausgeholt hatte. Genau wusste ich das in diesem Moment aber auch nicht und war selber neugierig. Möglicherweise hatte ich bei der Betrachtung auch an verschiedene Dinge gedacht. Jetzt beim Schreiben fällt mir mehreres ein. Ich möchte den Leser dann aber doch nicht in meinen Kopf hineinblicken lassen und etwas Intimität möchte ich Sveta und mir erhalten. Sveta steht nun vor dem Bett und man sieht, wie sie sich einen Slip anzieht. Er ist schwarz. Dann setzt sie sich auf das Bett und winkelt das linke Bein an. Sie zieht sich einen Strumpf über den linken Fuß und rollt den Strumpf langsam und mit Gefühl nach oben. Das mit dem Gefühl unterstelle ich jetzt beim Schreiben einfach. Wenn ich mir lange Strümpfe beispielsweise beim Wintersport anziehe, geht das deutlich schneller, und es hat nichts mit Sinnlichkeit und Lust zu tun. Sie streckt das Bein lang aus und nach oben, dann dreht sie den Fuß etwas nach links und nach rechts und winkelt das Bein wieder an. Die Zeremonie wiederholt sich mit dem rechten Bein. Dann hält Sveta beide Beine in die Höhe und scheint ihr Werk zu begutachten. Sie steht auf und dreht sich noch einmal zu der Kommode herüber. Sie kommt zurück und bleibt vor dem Bett stehen. Sie befestigt die Strümpfe an ihrem Slip. In Hamburg hatte sie sich bei ihrem ersten Besuch Strapsen besorgt, weil das für sie neu gewesen war und ein obligatorischer Spaziergang auf der Reeperbahn zum Kauf verführen mochte. Die Überraschung war Sveta damals in Hamburg durchaus gelungen, als ich von der Arbeit nach Hause gekommen war und erst einmal im zugigen Eingang des kleinen übergangsweise bewohnten Apartments warten musste, weil die Kerzen noch nicht angezündet waren. Die Strapsen hatte sie mit nach Kyiv genommen. Anschließend bückt sich Sveta. Als sie wieder hochkommt und gerade steht, wirkt sie etwas größer. Ich erinnerte mich, dass sie Sandaletten mit einem kleineren Absatz in das Apartment mitgebracht hatte. Sveta hatte ja keinen Schuhschrank mit 50 Schuhen gehabt, ein Schuh musste immer zunächst einmal zweckmäßig sein. Wenn er dann noch etwas schick aussah, dann reichte das. Sie setzt sich jetzt wieder auf das Bett und hält erst ein Bein in die Höhe, das sie ein wenig nach links und nach rechts dreht, vermutlich um zu begutachten, wie alles zusammen aussieht, dann stützt sie sich mit beiden Händen nach hinten auf dem Bett ab und hält kurz beide Beine in die Höhe. Sie blickt plötzlich in Richtung der Tür. Ich vermutete, dass ich in diesem Moment hereingekommen und im Zimmereingang stehen geblieben war. Sehen konnten wir, Mikhailyuk und ich, mich zunächst nicht. Dann trete ich weiter nach vorne. Die Kamera filmt wieder meinen Rücken, von dessen Beschreibung ich an dieser Stelle absehe. Ich gehe zu Sveta herüber, die nun auf dem Bett liegt und die Beine nach oben gestreckt und die Füße dabei gekreuzt hat. Ich nehme den linken Fuß, küsse ihr auf das Knie und löse die linke Sandalette. Dann knie ich mich auf das Bett, küsse am rechten Bein rauf und runter, bevor ich auch die rechte Sandalette von Svetas Fuß löse. Mikhailyuk konnte nun fünf Minuten zusehen, wie ich Svetas rechten Fuß und auch das Bein bis hin zu den Strapsen küsste. Das wiederholt sich dann auch auf der linken Seite. Ich beginne die Strapsen zu lösen. Ich wusste in diesem Augenblick vor Mikhailyuks PC nicht, ob es Unbeholfenheit meinerseits war, dass das Entfernen der Strapsen so lange dauerte, oder doch beabsichtigtes luststeigerndes Hinauszögern. Irgendwann sind die Strapsen ab, die Strümpfe ausgezogen. Der Slip auch. Ich küsse Sveta weiter. Man sieht, wie ich mich vorsichtig auf Sveta legen möchte. Dann drehe ich mich auf den Rücken, und Sveta setzt sich auf mich. Sveta bewegt sich langsam auf und ab, dann mal schneller. Sie macht eine Pause. Sie beugt ihren Oberkörper nach hinten und probiert – vermutlich – aus, wie es am besten passt. Nachher geht sie von mir runter. Mein Glied steht noch ein wenig. Dann liegen wir nebeneinander, und die Decke ist über uns gezogen. Was unter der Decke noch passiert oder nicht, konnte ich nicht sehen und Mikhailyuk auch nicht. Schnitt.

Nächster Film. Sveta sitzt auf dem Bett. Es ist ein anderer Raum, ein kleiner Raum und ein kleines Bett, ein Einzelbett. Und Sveta, wie ich sie im vorletzten Herbst gesehen hatte, kurz bevor die Proteste auf dem Maidan begonnen hatten. Sveta hat eine Jeanshose an und einen Rolli mit weitem Kragen in Bordeauxrot. Die Farbe passt zu ihrem blonden Haar, das nicht nachgedunkelt scheint, anders als bei mir. Mittlerweile waren meine Haare auch schon eher ergraut als nachgedunkelt. Aber Sveta ist hier noch blond. Sie ist noch jung. Sie lacht. Die Jeansjacke hat sie auf das Kopfkissen gelegt. Sie fängt etwas. Ich erinnerte mich. Sveta hatte für mich ein Hotelzimmer in Podil besorgt. Es war für eine Nacht gewesen, klein und sehr zweckmäßig. Ich war morgens mit dem Zug aus Simferopol von der Krim angekommen, wo ich Vorträge gehalten hatte, und für das Wochenende hatten wir uns verabredet. Die Zugfahrt war aufregend gewesen, nicht nur, weil ich mich auf Sveta freute und gespannt gewesen war, wie das Wiedersehen verlaufen würde. Ich hatte im Zug zunächst Kontakt mit den Mitreisenden meines Abteils aufgenommen. Da waren Natalia aus Sewastopol, dem russischen Marinestützpunkt auf der Krim, gewesen und die beiden orthodoxen Mönche, die auf der Krim einen Tauchurlaub verbracht hatten. Ich weiß nicht, ob sich Tauchen mit dem Ordensleben besser verträgt als Sonnenbaden. Fast scheint es mir so. Tauchen wird eher als Sport angesehen. Sofern man im Neoprenanzug taucht, ist der Körper verhüllt und wird nicht aufreizend zur Schau gestellt. Für Menschen, die ihren Körper nicht mögen oder die sich aus welchen Gründen auch immer für ihn berechtigt oder unberechtigt schämen, bietet der Taucheranzug Schutz wie ein Burkini. Dabei weiß auch Gott, dass nicht alle Menschen gleich aussehen, wahrscheinlich weil er weder Men's Health noch Vogue liest. Natalia war aus Sankt Petersburg vor 30 Jahren auf die Krim gekommen und dann dort mit ihrer Tochter geblieben, nachdem ihr Mann, der U-Boot-Kommandeur der sowjetischen Marine gewesen war, bei einem Bootsunfall schon in frühen Jahren ums Leben gekommen war. Sie fühlte sich als russische Patriotin und hatte sich schon damals gefragt, wann Putin endlich die Russen auf der Krim zurück ins Reich holen würde und Russland wieder zu dem machen würde, was es in den Hochzeiten des Kalten Krieges gewesen war: ein Land, das auf Augenhöhe mit den Vereinigten Staaten stand, das stolz auf seine Tradition und Geschichte war, das berufen war, eine Führungsrolle in der Welt einzunehmen, auch gegenüber den anderen slawischen Völkern.

Ich komme ins Bild und bin nackt. Man sieht mich von hinten. Ich gebe Sveta noch irgendetwas, wahrscheinlich ein Geschenk. Um die Dinge richtigzustellen: Ich hatte nach der Ankunft im Hotel kurz geduscht, weil ich mich nach der langen Zugfahrt klebrig gefühlt hatte und das Duschen auch eine belebende Wirkung gehabt hatte.

Ich meine, es wäre sogar Svetas Idee gewesen. Vielleicht hatte ich verschwitzt gerochen. In Jalta war ich am Vortag um neun Uhr morgens aufgebrochen und hatte dann zunächst den Trolleybus nach Simferopol genommen und von dort nach sechs Stunden Aufenthalt den Nachtzug nach Kyiv. Wir kannten uns ja, auch wenn wir (im vorvergangenen Herbst) seit fast zehn Jahren kein Paar mehr gewesen waren.

Sveta sagt irgendetwas und zeigt auf ihre Schulter. Der Nacken war verspannt gewesen, das wusste ich noch. Man sieht, wie Sveta den Oberkörper frei macht und ich beginne, ihren Nacken zu massieren. Später sind wir ganz nackt. Wie es dazu gekommen ist, überspringe ich hier.

Sveta legt sich auf den Bauch und ich knie mich vorsichtig über sie, so dass meine Unterschenkel ihren Po und die Oberschenkel umschließen. Die Massage erstreckt sich nun auf die ganze Rückenpartie. Ich fange am Nacken an und arbeite mich langsam zu ihren Lenden hervor. Von den Lenden geht es dann wieder zurück zum Nacken. Ich führe meine Hände zu den Schultern und den Schulterblättern und verweile dort. Zwei- oder dreimal führe ich meinen Kopf zu ihrem Rücken, vermutlich küsse ich Sveta. Als sich mein Kopf intensiver über den Lendenwirbelbereich bewegt und meine Lippen vermutlich über die entsprechenden Hautpartien gleiten, wird Sveta unruhig. Schließlich setze ich neu an und beginne seitlich zu küssen. Das konnte man sehen. Es sieht seltsam aus, wenn man vorher schon den Mund zum Küssen ansetzt und die Lippen spitzt. Das war nicht für die Kamera gedacht gewesen. Es ist nur ein kurzer Augenblick, in denen ich mit gespitzten Lippen meinen Kopf über Svetas Rücken halte, und für den Betrachter, in diesem Fall Mikhailyuk und mich, eigentlich nur in dem Moment zu sehen, wo ich den Kopf seitlich an Svetas rechter Lende platziere. Mit dem Kopf fahre ich langsam Svetas Seite ab, was sie offensichtlich mehr und mehr zu erregen scheint. Dann wechsele ich zu der anderen Seite. Svetas Bewegungen werden intensiver. Schließlich dreht sie sich um. Ich knie erst einmal über Sveta und küsse sie noch auf den Hals, bevor sich unsere Körper enger umeinander verschlingen. Was man sieht, sind wieder Svetas Füße, die meinen Po und die Oberschenkel umschließen und meinen Rücken, auf dem eine lange Narbe gezogen ist. Die Bewegungen werden schneller, dann langsamer. Wir halten für einen Moment inne. Dann lasse ich meinen Kopf zum Bauchnabel hinabgleiten und lege ihn zwischen Svetas Oberschenkel. Plötzlich springt Sveta auf und zieht sich an. Ich stehe auch auf und bleibe (nackt) vor ihr stehen. Man konnte nur meinen Rücken sehen. Sveta sagt irgendetwas – vielleicht schreit sie – und gestikuliert wild mit den Armen. Dann dreht sie sich um und verschwindet aus dem Bild. Ich stehe noch einige Zeit wie angewachsen da, bevor ich mich bauchseitig auf das Bett werfe, wo ich liegen bleibe. Schnitt.

»Wo haben Sie diese Narbe her?« Mikhailyuk versuchte höflich, die unangenehme Stille zu durchbrechen. Das Video war offensichtlich zu Ende, und für Mikhailyuk wäre vermutlich interessanter gewesen, nach dem Grund für das abrupte Ende der Begegnung zu fragen. Ich hätte es ihm gesagt, aber er fragte nicht, stattdessen die Frage nach der Narbe.

Es war vermutlich dieses letzte Video, das vor anderthalb Jahren entstanden war, mit dem Sveta erpresst worden war und das Wjatscheslaw Peskow, der frühere Geheimdienstoffizier und nun auf eigene Rechnung arbeitende Cyberkriminelle, ihrem Mann Dmitrij zugespielt hatte. Alles andere lag Jahre zurück. Wir hatten miteinander geschlafen. Wir hatten es beide gewollt, und ich hatte mich nicht gewehrt, obwohl ich ja wusste, dass Sveta verheiratet war. Dann war sie aufgesprungen und hatte fluchtartig mit einem schlechten Gewissen das Hotel verlassen.

12. März 2022

Ich möchte kurz Ihre Toilette aufsuchen, wo muss ich da hin?«, fragte ich Mikhailyuk.

»Zur Tür raus, den Gang nach rechts runter, fünfte Tür auf der linken Seite. Bis gleich.«

Ich brauchte etwas Luft. Fotos und Videos hatten Sveta für einen Moment, die drei Stunden, die wir uns das Material angeschaut hatten, wieder lebendig werden lassen. Natürlich hatte der Geheimdienstoffizier nicht unsere ganze Beziehung verfilmt, aber das, was ich gesehen hatte, reichte, um mir alles vorzustellen, was davor und danach und auch dazwischen passiert war. Wenn man sich einen Film im Fernsehen ansieht, so sagt man jedenfalls, schlage die Phantasie keine Purzelbäume, die Gedanken entfernen sich nicht allzu weit vom Film. Liest man hingegen das als Vorlage dienende Buch, dann schlägt das Gehirn Kapriolen und regt die Phantasie des Lesers in einem ungleich stärkeren Ausmaß an. Das stimmt grundsätzlich, hatte aber in meinem Fall keine Relevanz. Das liegt an der persönlichen Betroffenheit. Unsere ganze Beziehung war plötzlich wieder präsent gewesen, von Anfang an, alle Orte, wo wir zusammen gewesen waren, an denen wir miteinander geschlafen hatten, Svetas Duft, Svetas Haare, Svetas Ohren, Svetas Beine, Svetas Füße, Svetas Lippen, Svetas Brüste, aber auch der Vater, die Mutter waren vor meinem geistigen Auge wieder aufgetaucht. Der Vater spielte plötzlich Geige. Vasilij hatte früher eine Kultursendung im Radio moderiert. Zu Beginn der wöchentlichen Sendung war ein Musikstück zu hören gewesen, eine Erkennungsmelodie, gespielt auf einer Violine. Als ich bei Sveta zu Hause gewesen war und die Sendung kam im Radio, hatte Vasilij einen Geigenspieler imitiert. Dann hatte er herzlich gelacht und gesagt, dass das vom Band komme und er nur für den redaktionellen Teil und die Moderation verantwortlich sei. Wenn ich an ihn denke, dann spielt Vasilij Geige oder er gräbt die Kartoffeln ein und sagt »Otschin akkuratno!«. Von der Mutter Svetas konnte ich Ähnliches nicht berichten, jedenfalls hatte ich mit ihr keine gemeinsamen Erlebnisse. Das lag wohl auch daran, dass sie im Hause die treibende Kraft gewesen war, die organisierte, drängte, vielleicht war sie auch einfach die Ernstere von beiden gewesen. Von ihr hatte Sveta immer lobend und anerkennend berichtet, diese und jene Story preisgegeben, so dass ich mir auch von ihr ein aussagefähiges Bild machen konnte.

So war Svetas Mutter Olga wohl des Öfteren ohne Fahrschein in den öffentlichen Verkehrsmitteln unterwegs gewesen. Teils hatte wahrscheinlich das nötige Kleingeld gefehlt und teils einfach die Zeit, um vor Abfahrt ein Ticket zu erwerben, weil die Mutter so mit anderen privaten oder politischen Dingen beschäftigt gewesen war. Wenn dann der Schaffner in den Bus zur Kontrolle gekommen war, dann hatte sie den Spieß in Sekundenschnelle umgedreht und den Kontrolleur gefragt, so dass es die anderen Fahrgäste gut hören konnten, was er denn Wichtiges tue für die Demokratie oder für das Gemeinwohl, ob er sich nicht schäme, sie, die sich politisch und gesellschaftlich einsetze und gerade von einem Vortrag komme und zuhause heute noch einen anderen Vortrag für den kommenden Tag vorbereiten müsse, nach dem Fahrschein zu fragen und ihr vermutlich noch eine Strafe aufzudrücken. Sie habe gerade noch ein paar Dinge am Gemüsestand eingekauft, weil sie nämlich auch noch für ihre Kinder für den nächsten Tag kochen müsse. Ob er auch Kinder habe? Wenn der Kontrolleur dann nicht schon von alleine von seiner Kartenkontrolle abgesehen habe, dann hätten sich öfter auch die übrigen Mitfahrer eingeschaltet und Olga mindestens verbal lautstark unterstützt. Wer Fahrkartenkontrollen in der Frankfurter Straßen- oder U-Bahn kennt, wenn mitreisende Fahrgäste entweder verschämt wegsehen oder sich insgeheim freuen, dass es einen Schwarzfahrer, der möglicherweise auch noch aus Afrika stammt, erwischt hat, während sie selbst ja korrekt ihr Ticket gelöst haben, mag Schwierigkeiten haben, sich die Fahrkartenkontrolle in Kyiv konkret vorzustellen. Ich hatte bei Svetas Bericht auch zunächst an eine Geschichte von Ephraim Kishon gedacht. Später war ich selbst einmal mit der Straßenbahn in Lviv unterwegs gewesen und hatte amüsiert einen vergleichbaren Vorfall zu sehen bekommen. Ich hatte mich spontan in die Straßenbahnlinie zum Hauptbahnhof gesetzt, als sich der Himmel stark verdunkelt hatte und die ersten fetten Regentropfen gefallen waren.

Von der Vorhersage wusste ich, dass sich die Wetterlage nicht allzu bald entspannen würde. Außerdem waren meine Russischkenntnisse damals noch auf sehr bescheidenem Niveau gewesen, so dass das Schild »вокзал« auf dem Triebwagen das einzige war, welches ich in der Eile hatte lesen können und auch verstand.

Nachdem ich zwanzig Minuten entspannt gefahren war und mir die Stadt und den hügeligen Trassenverlauf angesehen hatte, war der Kontrolleur hinzugestiegen und hatte begonnen, seinen Aufgaben nachzugehen. Ich hatte erst gar nicht mitbekommen, dass ein jüngerer männlicher Fahrgast ohne entsprechenden Beförderungsschein unterwegs war, nachdem aber mehrere Damen plötzlich hinzugetreten waren oder von ihren Plätzen dem Schaffner irgendetwas zugerufen hatten, war ich auch aufmerksam geworden. Ich sah, wie der Schaffner vor dem Fahrgast ohne Ticket stand und sich vor allem mit den umstehenden Damen ein heftiges Wortgefecht lieferte, wobei der Kontrolleur verbal mehr hatte einstecken müssen, als dass er selbst zu Wort gekommen wäre. Schließlich war er vollkommen entnervt am Bahnhof ausgestiegen und hatte den Schwarzfahrer von dannen ziehen lassen. Das, was ich selbst erlebt oder gesehen hatte, hatte sich in meiner Erinnerung mit der von Sveta erzählten Geschichte über ihre Mutter fest verbunden. In diesem Augenblick, als ich zu den Waschräumen gegangen war, schossen mir hunderte ähnliche Gedanken und Erinnerungen durch den Kopf. Das war nicht so wie bei einem Aufsatz in der Schule, der geordnet zu sein hat und einem zuvor erstellten Gliederungsschema folgen muss. Es war eher wie eine Art Mindmap riesigen

Ausmaßes. Von einem abstrusen Gedanken oder einer Erinnerung stolperte ich zum oder zur nächsten.

Am Waschbecken tauchte ich mein Gesicht mehrere Male in meine beiden Hände, die ich zu einer Schale geformt hatte und in die ich kaltes Wasser hatte laufen lassen. Das machte ich unter normalen Umständen recht häufig und fühlte mich danach wieder frisch, heute blieb der belebende Effekt weitgehend aus. Ich machte mir klar, dass ich Sveta nun das letzte Mal lebendig gesehen hatte. Mikhailyuk war mit seinem Material durch. Vielleicht würde er noch weitere Fragen stellen, möglicherweise würde er aber auch weitere Details über die Ermittlungen berichten, die mich aber nicht interessierten. Ich würde in der Andachtshalle morgen oder am Montag noch einmal Abschied nehmen können von Sveta. Sie sähe schön aus wie eine schlafende Prinzessin. Sie wäre kalt. Ich würde erschrecken, wenn ich sie anfasste, hatte ich sie doch immer ganz warm in Erinnerung gehabt. Natürlich waren ihre Füße manchmal auch kalt gewesen, ich hatte sie dann wärmen müssen, aber auch die kalten Füße waren ja immer lebendig gewesen. Alle Menschen sind kalt, wenn sie tot sind, aber ich fasse sie nicht alle an.

Wenn man Tote anfasst, ihnen die Hand drückt, ihnen einen Kuss auf die Stirn gibt, sich verabschiedet, macht man das dann für sich selbst? Der Tote ist tot und kann – unter vernunftgeleiteter Betrachtung – nichts mehr spüren. Oder merkt er vielleicht doch noch etwas? Wenn der Tote nun die Reise ins Jenseits antritt, vorausgesetzt der Tote und die Zurückgebliebenen glauben daran, und man hätte sich nicht von ihm verabschiedet, man könnte es nicht mehr nachholen. Vielleicht hat die Vernunft im Zeitpunkt des Todes keinen Platz.

20. März 2022

Ich ging zurück ins Büro und setzte mich zu Mikhailyuk an den Schreibtisch. »Sind wir fertig?«

Mikhailyuk nickte. »Wir haben den Täter ausfindig machen können. Wir kennen seine Identität, aber wir kommen ja nicht an ihn heran. Er sitzt im Donbass mit seinem erpressten Geld und sammelt vielleicht noch weiteres ein. Das Einzige, was wir machen können, ist, die anderen Opfer ausfindig zu machen und sie zu warnen oder sie zu beraten. Für Sveta können wir nichts mehr machen. Wir haben gestern noch die Familie verständigt, die dann noch zu dem Apartment gekommen ist. Heute Morgen waren sie bei der Gerichtsmedizin. Ich habe ihnen gesagt, dass die Leiche von Sveta noch nicht frei gegeben werden kann, erst am Mittwoch. Sie wollten sie ja nochmal sehen, oder? Am Dienstagmorgen? Oder wollen Sie schon eher zu ihr? Für Montag hat sich Svetas Ehemann angekündigt, dann können wir ihn auch gleich noch befragen, weil ihm ja das Bildmaterial zugespielt wurde. Wenn Sie morgen in die Andachtshalle gehen, laufen Sie sich nicht über den Weg. Das ist besser, für Sie und auch für Svetas Mann Dmitrij Pulatov.«

»Dann komme ich morgen. Wo ist denn die Gerichtsmedizin, wie komme ich dahin?«

»Wir holen Sie ab, sagen wir um halb elf. Sie können sich dann Zeit nehmen und fahren später alleine zurück. Die Gerichtsmedizin ist in der Oranzhereina-Straße unweit der Dorohozhychi-Station (Дорогожичі). Da befindet sich auch die Gedenkstätte Babyn Yar. 1941 haben die Deutschen in einer Schlucht dort mehr als 30.000 Juden erschossen. Ich weiß nicht, ob die Gerichtsmedizin absichtlich an diesem Ort eingerichtet wurde. Unter normalen Umständen würde ich Sie noch zu der Gedenkstätte schicken, aber ich denke, Sie werden genug zu knabbern haben, wenn Sie in der Trauerhalle Abschied nehmen. Mit der Metro fahren können Sie ja und Ihr Russisch ist, wie ich meine, ausreichend, damit Sie nicht verloren gehen. Wenn Sie sich das auf der Karte noch ansehen wollen, Sie nehmen dann die Metrolinie M3 bis zu Lukianivska (Лук›янівська). Von da machen Sie noch einen kleinen Spaziergang bis zu Ihrem Hotel. Es soll morgen wieder warm und sonnig werden.

Dann lassen Sie mich abschließend noch einiges zu unseren Ermittlungen sagen: Ich habe ja schon viel erzählt und es besteht durchaus die Gefahr, dass ich mich wiederhole. Vielleicht ist es jetzt auch nicht mehr so spannend, wobei spannend natürlich nicht der richtige Ausdruck ist. Wenn Sie nicht selber betroffen wären, würden Sie alles wie eine Kriminalgeschichte betrachten.

Tatsächlich ist das Ganze sehr dramatisch und lässt auch mich nicht emotional unberührt.

Frau Marukova, Ihre Sveta, war von Peskow bereits 1999 angesprochen worden. Anfangs muss das Verhältnis der beiden dabei durchaus über den Austausch von geheimdienstlichen Informationen hinausgegangen sein. Wir haben aus dieser Zeit einen umfangreichen Mailverkehr gefunden beziehungsweise das, was davon übrig ist und nicht gelöscht wurde. Auf ihrem Hauptemailkonto hat Frau Marukova alle Nachrichten gelöscht, auf ihrer Zweitadresse steht noch einiges. Da hatte Frau Marukova wohl in der Eile nicht mehr dran gedacht. Das Konto wurde auch seit 2005 nicht mehr benutzt. Man könnte vielleicht bei genauer Durchsicht der noch existierenden E-Mails versuchen herauszufinden, welche Intensität die Beziehung der beiden noch gehabt hat, aber das war natürlich nicht in unserem Fokus. Um Sie jetzt nicht zu sehr zu beunruhigen: Es sieht so aus, dass es in den Jahren 2000 und 2001 endgültig zum Zerwürfnis zwischen den beiden gekommen ist. Danach sind nur noch sporadisch Mails zu finden. Ein Sprachwissenschaftler würde vermutlich herauslesen können, dass die Beziehung von einer anfangs leidenschaftlichen Liebesbeziehung mehr oder weniger zu einer kalten Geschäftsbeziehung heruntergefahren wurde. Ob Frau Marukova nach 2005 noch Informationen an Herrn Peskow geliefert hat, wissen wir nicht. Wir konnten auf jeden Fall herausfinden, dass Peskow ab 2012 begonnen hat, seine Observationsobjekte zu erpressen. Das war natürlich da am einfachsten, wo Bildmaterial vorhanden war. Herr Peskow muss zu seiner Zeit als Universitätsmitarbeiter die Herzen verschiedener Damen und sogar eines Herren erobert und sich auch Zugang zu ihren Räumlichkeiten verschafft haben. Fünf weitere Personen sind von Peskow erpresst worden. Er hat angedroht, kompromittierende Aufnahmen ins Netz zu stellen oder die Aufnahmen den Ehepartnern, dem Arbeitgeber oder den Eltern zuzuspielen. Peskow hat Frau Marukova nach unseren Recherchen seit Anfang März 2014 erpresst. Zu dieser Zeit hatte er sich auch in den Donbass abgesetzt. Sein hiesiges Konto bei der Privatbank wurde seitdem nicht mehr genutzt, alle finanziellen Transaktionen liefen seit dieser Zeit über die Bank in Rostov. Wir haben die Polizei in Rostov kontaktiert. Es bestehen noch alte Kontakte aus sowjetischer Zeit. Die Auswertung der Kontotransaktionen hat ergeben, dass Frau Marukova wohl eine Zahlung über 1.000 US-Dollar geleistet hat, von den anderen erpressten Personen waren Einzahlungen in einer Höhe von 20.000 US-Dollar verbucht. Wir vermuten, dass Peskow diese Summe auch von Frau Marukova haben wollte. Es gab mehrere Drohmails und Mahnungen an sie. Wahrscheinlich wollte Frau Marukova einen Zahlungsaufschub oder eine Reduzierung der Summe erreichen. Am Donnerstagabend sind die Videos an Frau Marukovas Ehemann Dmitrij Pulatov verschickt worden, darunter das Video mit Ihnen aus dem Herbst 2013. Außerdem hatte Peskow noch ein Bild von sich und Frau Marukova mitgeschickt. Wir wissen nicht, welchen Datums es ist, vermuten aber, dass es deutlich später als 1999 entstanden ist. Das kann Ihnen ja egal sein.

Das wollte ich Ihnen noch berichten. Wollen Sie mir nun die Narbe erklären?«

Ich wollte zwar nicht, aber manchmal ist es auch gut, wenn man zwischendurch eine Pause macht und an etwas anderes denkt. Auch wenn jemand, den man gerne mochte, gestorben ist, muss man irgendwann wieder lachen und an etwas anders denken, das ist reiner Selbsterhaltungstrieb. Spätestens morgen würde sich mein Gemütszustand ohnehin wieder deutlich eintrüben. Es war vermutlich auch der Versuch Mikhailyuks, mich nicht ganz der Lethargie preisgeben zu wollen.

»Die habe ich aus Spanien mitgebracht. Bei einer Wanderung in den Picos de Europa, bei der ich mich verlaufen hatte und dann schließlich eine Abkürzung nehmen wollte, bin ich eine Felswand ungewollt auf dem Hosenboden heruntergerutscht. Ich hatte zunächst nur die verbrannt riechende Hose bemerkt und war auch so etwas verdattert gewesen, nachdem ich die letzten fünf Meter fast im freien Fall zurückgelegt hatte. Die 30 Zentimeter lange Wunde habe ich dann erst auf der Hütte gesehen, als ich das zerrissene T-Shirt ausgezogen habe, das heftig mit Blut beschmiert war. Die Picos kann ich empfehlen. Es gibt auch Wanderwege, die man nehmen kann.«

Sonst erzählte ich auch von den Reisebegleitern, die auf ihre eigene Art immer kompliziert gewesen waren, weshalb ich mich in der Vergangenheit manchmal auch dazu entschieden hatte, alleine zu wandern. Das Thema wollte ich an diesem Abend nicht auswalzen.

»Ich fahr Sie ins Hotel, wenn Sie wollen. Von hier müssten Sie erst ein Stück laufen zur nächsten Metrostation und dann noch umsteigen. Wir sind hier nicht besonders gut angebunden. Die Straßen sollten jetzt frei sein. Wollen Sie?«

Ich nickte.

»Wissen Sie, die Ukraine hat sich zwar 1991 für unabhängig erklärt, und solange Jelzin Russland mehr schlecht als recht regierte, konnte die Ukraine auch ihre Unabhängigkeit leben. Aber spätestens seit Putin an der Macht ist, versucht Russland wieder Einfluss auf die angrenzenden ehemaligen Sowjetrepubliken zu gewinnen. Das machen die Russen zunächst über Energielieferungen. Wenn die Abnehmerländer dann nicht so parieren, wie Moskau es will, dann wird kurzerhand die Sonderkondition für gute Freunde gestrichen und der Gaspreis steigt. Wer Putin Gefolgschaft verspricht, bekommt einen günstigen Gaspreis und wird von den Ukrainern gewählt. Wenn Putin Angst hat, dass sich ein Land dennoch zu sehr in Richtung Westen orientiert, dann marschiert er ein wie in Georgien oder auf der Krim. Und dann haben wir eben auch noch unsere Oligarchen, die in der Regel den Kandidaten unterstützen, der ihnen den größten finanziellen Gewinn beschert. Auch wenn sich die Mehrheit der Ukrainer für einen proeuropäischen Kurs ausgesprochen und ein entsprechendes Parlament gewählt hat, dann werden im Nachhinein Abgeordnete gekauft, damit sie die Partei wechseln. Und plötzlich gibt es andere Mehrheiten im Parlament. Die Ukraine ist ein zerrissenes Land. Das hat man sehr gut an der Maidan-Revolution gesehen. Der Aufstand ging ja von proeuropäischen Kräften aus, die mit der Politik Janukowitschs ganz und gar nicht zufrieden waren und Sorge hatten, dass Janukowitsch die Ukraine wieder stärker an Russland bindet oder die Ukraine Russland ganz unterwirft. Als die Proteste zu groß wurden, hatte Janukowitsch kurzerhand mit 100 Bussen Gegendemonstranten aus dem Osten des Landes herbeigeholt. Finanziert wurde das dann von der ostukrainischen Schwerindustrie. Den Leuten wird dann gesagt, dass ihr Arbeitsplatz nur unter Janukowitsch sicher ist, und dann gehen die Leute demonstrieren. Die Fahrt im Bus ist kostenlos, und es gibt einen freien Tag. Wenn eine Nation so ein zerrissenes Bild abgibt, dann können Sie sich vorstellen, welch leichtes Spiel Putin mit uns hat. Dazu hat er ja auch noch seine russischen Fernsehkanäle, die von vielen Russischsprachigen geschaut werden, und kann die Leute voll manipulieren. Keiner muss natürlich die russischen Fernsehkanäle schauen. Das machen die Leute freiwillig. Wieso erzähle ich Ihnen das alles? Ach so, ich wollte Ihnen erklären, dass sie im Geheimdienst und in anderen staatlichen Organisationen in der Regel sowohl prorussische als auch proeuropäische Mitarbeiter sitzen haben. Wenn jemand für den SBU, den ukrainischen Geheimdienst, arbeitet und er ist prorussisch orientiert, dann sabotiert er unter Umständen die Ziele seines Arbeitgebers. So jemand war jedenfalls – oder ist es noch – Wjatscheslaw Peskow. Deshalb ist er ja jetzt auch im Donbass … Wenn es Ihnen nichts ausmacht, fahren wir an einigen Plätzen und Sehenswürdigkeiten vorbei, damit Sie noch ein wenig von der Stadt sehen.«

Ich nickte noch einmal. Wir stiegen in Mikhailyuks Golf 3.

»Wir fahren zum Flussufer herunter und von da nach Podil flussabwärts, ein wenig Kyiv at Night. Wenn Sie mit einem Ausflugsdampfer fahren, sehen Sie mehr, aber das kann ich Ihnen nicht anbieten.«

Wir fuhren ein wenig und kamen dann über die Uferstraße vom Norden in die Stadt herein. Da, wo wir auf die Uferstraße abgebogen waren, verläuft sie noch nicht direkt am Ufer. Dafür hatten wir einen grandiosen Blick auf die Mutter-Heimat-Statue, die nachts angestrahlt wird. Mit Sockel misst sie 102 Meter, und weil sie auf dem Höhenzug am Rande des Dnipro steht, wirkt sie noch mächtiger. Mikhailyuk zeigte auf die Statue, die wahrscheinlich nur Blinde übersehen können.

»Das ist unsere Mutter-Heimat-Statue. Sie erinnert an den Sieg der sowjetischen Streitkräfte im Großen Vaterländischen Krieg und wurde 1980 errichtet und von Breschnew eingeweiht. Die Statue ist sogar größer als die in Wolgograd. Als die Statue errichtet wurde, waren wir alle Sowjetbürger. Da haben wir aller gefallener Soldaten gedacht, toter Russen und toter Ukrainer. Das machen Sie ja dankenswerterweise auch in Deutschland jedes Jahr am Sowjetischen Ehrenmal in Berlin. Aber seitdem wir unabhängig sind, fühlen wir uns auch unwohl damit, dass Sie in Deutschland der sowjetischen Weltkriegsopfer gedenken und damit die eigene Identität der Ukrainer – höflich gesagt – nicht angemessen respektieren. Wir Ukrainer sind ja in der Vergangenheit sozusagen mit den Russen zwangsverbrüdert worden. Um sich als Bruder der Russen zu fühlen, müsste man schon Masochist sein. Das ging in der Vergangenheit nur, weil während des Bestandes der Sowjetunion die mindestens vier Millionen Toten des Holodomor, des von Stalin vor allem durch Zwangskollektivierung in der Ukraine verursachten millionenfachen Hungertodes, nicht in den Geschichtsbüchern vorkamen. Das ist eine Größenordnung, die an den Holocaust der Nazis heranreicht. Wenn man mit dem Schiff den Dnipro entlangschippert, dann hat man viel mehr Zeit alles zu erklären. Mit dem Auto ist man so schnell vorbei, obwohl ich da noch mehr erzählen könnte. Haben Sie links das Höhlenkloster gesehen, als ich erzählt habe?«

Ich berichtete kurz, dass ich im letzten Herbst da gewesen war, als ich Sveta besucht hatte. Ich war nicht mit ihr da gewesen, was daran lag, dass Sveta nach der bekannten und auf Video aufgenommenen Szene in dem kleinen Hotelzimmer das Hotel und mich fluchtartig verlassen hatte. Das wollte ich Mikhailyuk nicht so detailliert schildern.

»Wir fahren jetzt noch kurz zum Chreschtschatyk und zum Maidan, wo der Mittelpunkt der Proteste gegen das Verbrecher-Regime von Janukowitsch war. Vorher war der Maidan auch schon unser Unabhängigkeitsplatz, aber seit den Protesten im Winter 2013/2014 wird er von uns Ukrainern erst als Unabhängigkeitsplatz wahrgenommen. 1991 hatte das ukrainische Parlament einfach seine Unabhängigkeit beschlossen und erklärt. Das hatten viele Sowjetrepubliken so gemacht; die Unabhängigkeit fiel vielen Republiken in den Schoß, weil die alte Sowjetunion in Auflösung begriffen war. Im Rahmen der Euro-Maidan-Proteste haben wir dann wirklich für unsere Unabhängigkeit gekämpft und sie verteidigt. Leider wurden mehr als 100 Demonstranten von den Berkut-Einheiten des Innenministeriums erschossen. Das alte Regime hatte sich noch einmal aufgebäumt. Janukowitsch ist dann wie ein feiger Hund nach Russland abgehauen, wo ihm der Kaviar hoffentlich bald mal im Halse stecken bleibt. Damit Sie mich nicht falsch verstehen: Ich esse auch gelegentlich Kaviar, wenn es etwas zu feiern gibt. Naja, es gibt so selten etwas zu feiern, da kann man sich bei diesen Gelegenheiten eben auch Kaviar leisten. Andererseits wirkt der übermäßige Konsum von Kaviar und Champagner schon dekadent. Das kann sich nur einer leisten, der große Reichtümer angehäuft hat. Durch ehrliche Arbeit geht das in der Ukraine und auch in Russland nicht.«

»Ich weiß, Sveta hatte mir vom Euro-Maidan berichtet.« Mehr sagte ich nicht. Da hätte ich zu sehr ausholen müssen. Alles hing zu sehr mit allem anderen zusammen: Unser, Sveta und mein, Wiedersehen in Kyiv, mein Unfall und dann die Geschehnisse auf dem Maidan, die zwar in keiner kausalen Beziehung zu meinem Unfall standen, wohl aber um mich herum und zeitgleich stattgefunden hatten und über die ich durch meinen Physiotherapeuten Michail immer bestens informiert gewesen war. Schließlich die Annexion der Krim, so dass mein zurückgelassener Koffer in Jalta immer noch bei Julia steht, die bei meinen Vorträgen ins Russische übersetzt hatte. Ich will ihn da stehen lassen. Möge er ihr zur Erinnerung dienen an bessere Tage, als die Krim noch Teil der Ukraine war, und möge er ihr Hoffnung geben, dass die Krim und die Ukraine eines Tages doch noch Teil eines freien Europas werden!

Wir fuhren über den Chreschtschatyk, auf dem auch an diesem Abend noch viele Menschen unterwegs waren, zum Maidan. Ganz herumfahren kann man nicht, weil der Maidan nicht als Verkehrsinsel ausgestaltet ist.

Mikhailyuk zeigte mir die Stelle, wo Fotos und Blumen an die Opfer des Aufstandes erinnern, und fuhr etwas langsamer. Außer dieser Stelle mit den Fotos gab es eigentlich nicht viel zu sehen auf dem Unabhängigkeitsplatz. Vermutlich hatte Mikhailyuk Recht, als er sagte, der Maidan wäre erst durch die blutigen Proteste zum Unabhängigkeitsplatz geworden.

»Herr Silbermann, ich bringe Sie jetzt noch zum Hotel. Morgen sehen wir uns dann nicht mehr. Da holt Sie ein Kollege ab. Wenn Sie wollen, gehen wir auf dem Andreassteig noch ein Bier trinken. Ich lade Sie ein. Wenn ich es mir genau überlege, waren wir doch ein wenig unfreundlich zu Ihnen. Die Kollegen haben Sie am Flughafen wie einen Kriminellen mitgenommen. Außer dem Wasser gestern an dem Kiosk haben wir Ihnen nichts zu trinken angeboten. Gerade in meinem Büro hätte ich Ihnen auch ein Wasser hinstellen oder Sie zumindest fragen können. Wissen Sie, wir haben keinen Getränkeautomaten in unserem Gebäude. Jeder bringt sich seine Sachen von zuhause mit. Wenn das Gebäude modernisiert ist, werden wir vermutlich auch eine Kantine bekommen oder zumindest einen Getränkeautomaten. Das soll jetzt keine Entschuldigung sein. Wie ist es, darf ich Sie einladen?«

25. März 2022

Ja, das dürfen Sie. Ich weiß Ihre Gastfreundschaft zu schätzen, aber seien Sie mir nicht zu böse, wenn ich nach dem zweiten oder sagen wir dritten Bier dann ins Hotel möchte. Es gibt zwar für morgen nicht direkt etwas vorzubereiten, aber ich möchte auch nicht mit einem Kater in den Andachtsraum kommen. Außerdem will ich noch mal sehen, ob sich der Flug umbuchen lässt.«

»Ich schaue mal, wo ich parken kann. Wenn das Auto zu weit weg ist, finde ich es nachher nicht oder ich schaffe es nicht dahin. Wir haben hier eine 0,0-Promillle-Grenze. Mein Dienstausweis kann mir da auch nur bedingt helfen. Wir brauchen in der Ukraine jeden Mann und jede Frau, von denen kann ich nicht auch noch jemanden umfahren.«

Wir setzten uns vor ein Café auf dem Andreassteig, da, wo der Andreassteig auf die Pokrovskastraße trifft. Mikhailyuk hatte dem Wirt zugewinkt. Wir hatten kaum Platz genommen, da wurden zwei Bierkrüge auf den Tisch gestellt.

»Mene zvaty (мене звати) Taras.«

»I mene zvaty Olaf.«

Wir prosteten uns zu. Ich erinnerte mich in diesem Augenblick, dass mir Sveta vor 15 Jahren ein paar Sätze in Ukrainisch beigebracht hatte beziehungsweise versucht hatte beizubringen. Ich hatte die ganze Zeit nicht mehr daran gedacht und jetzt, wo Taras sich vorstellte, verstand ich es plötzlich. Es war ja auch nicht allzu weit vom Russischen entfernt. Es war eben Ukrainisch. Wir waren in der Ukraine. Vielleicht sollte das noch ein kleiner Schnellkurs in Ukrainisch werden. Vermutlich würde Taras gleich noch eine Erklärung abgeben oder ich müsste ihn einfach fragen.

»Meine Mutter war Ukrainerin, mein Vater kam aus dem Ural. Meine Mutter hatte ihm dann wohl am Anfang klargemacht, dass das Kind, wenn denn eins entstünde, in ukrainischer Sprache erzogen würde und auch einen ukrainischen Namen bekommen sollte. Also ich heiße Taras wie Taras Shevchenko und mit zweitem Vornamen Iwan wie Iwan Franko, beides sehr bedeutende ukrainische Dichter und Schriftsteller. Ob mich meine Mutter heute noch einmal Iwan nennen würde, weiß ich nicht, vielleicht würde Iwan doch zu sehr an den Zaren Iwan den Schrecklichen erinnern, der im 16. Jahrhundert lebte und sich seinen Namen durch blutige Gemetzel und Massenexekutionen verdient hat. Deshalb stelle ich mich immer nur mit Taras vor. Außerdem ist ja Taras der Name eines Sohnes von Poseidon und der Nymphe Satyria. Und Schwimmen kann ich ganz gut. Was ist mit Deinem Namen?

Gibt es da auch eine Geschichte?«

»Ach, ich hatte einmal nachgeschaut. Vor allem, wenn man sieht, dass etwa türkische Vornamen Sonne, Blume, kleiner Zweig bedeuten, dann will man ja nicht antworten, dass der eigene Name gar keine Bedeutung hat. Olaf heißt wohl Nachfahre vom Urahn, was aber nicht wirklich beeindruckend ist. Meistens habe ich dann noch eine Anekdote parat. Ich hatte während meines Studiums einmal als Sprachassistent für Deutsch einige Monate an einem Lycée in der Bretagne gearbeitet. Als mich eine Spanischlehrerin, die ich täglich im Lehrerzimmer traf, ansprach und sich dahingehend äußerte, dass sie den Namen noch nie gehört habe, nur der Hund einer Bekannten heiße so, da habe ich entgegnet, dass ich das Bildungsniveau ihrer Freunde nicht einschätzen könne, in Norwegen sei Olaf jedenfalls der Name von Königen. Üblicherweise trage ich aber weniger dick auf oder sage, dass der Name damals ein wenig in der Mode gewesen ist. Das stimmt zwar nicht, aber es kann auch keiner nachprüfen.«

Wir prosteten uns noch einmal zu und nahmen einen kräftigen Zug. Ich winkte dem Wirt für ein weiteres Bier zu. In manchen Städten geht das nicht, weil es mehrere Biersorten gibt oder die Gäste außer Bier eben auch Wein, Apfelwein oder Schorle trinken. Und wenn Schorle, dann mit Weißwein oder Apfelsaft oder Traubensaft oder mit Minze-Limette. Manchmal habe ich das Gefühl, das Leben ist seit meiner Jugend im Allgemeinen komplizierter geworden.

»Meine Frau hat mich vor zwei Jahren verlassen. Der Typ sieht wohl etwas besser aus als ich, naja, ist so eins neunzig groß und hat wohl mehr Muskeln. Fährt einen BMW X5 und hat einen Importhandel. Einmal jährlich Urlaub in der Türkei oder Ägypten. Da konnte ich mit meinem Golf nicht mithalten. Und er ist Russe.

Möglicherweise lege ich deshalb so viel Wert auf meine

ukrainische Herkunft. Wenigstens habe ich jetzt mehr Platz in der Wohnung und muss das Geld nicht immer für Schminke und andere Cremes ausgeben.«

2. April 2022

Der Wirt stellte uns zwei weitere Halblitergläser auf den Tisch. Mikhailyuk hatte mir schon so viel über die ukrainische Geschichte und auch die jüngere Vergangenheit erzählt, es reizte mich doch ein wenig, nach seinem persönlichen Engagement zu fragen oder sagen wir nach seiner persönlichen Verquickung. Ich zögerte, ich wollte die Frage auch nicht als unhöflich verstanden wissen. Von hinten herum einfädeln wollte ich die Frage allerdings auch nicht. Mein Interesse an der Ukraine und ihrer demokratischen Entwicklung war nicht gespielt, andererseits war es aber doch immer nur Interesse meinerseits gewesen. Eigentlich war ich immer nur Beobachter gewesen, auch als ich in Kyiv im Krankenhaus gelegen hatte. Der Physiotherapeut Mikhail hatte erzählt. Es war seine Geschichte, die er erlebt hatte. Ich hatte sie nur gehört. Und bezüglich der Krim und ihrer Annexion hatte ich mir meine eigene Sowohl-als-auch-Meinung gebildet, die ich allerdings auch bei einem erneuten Besuch auf der Krim vertreten würde, wenn ich gefragt werden würde. So hatte ich mir das vorgenommen. Ich entschied mich, meinen Krim-Besuch vor anderthalb Jahren weiterhin für mich zu behalten und auch den Krankenhausaufenthalt während der Maidan-Revolution nicht zu erwähnen, ich fragte Taras einfach:

»Sag, Taras, hast Du auch auf dem Maidan protestiert oder die Demonstranten anderswie unterstützt?«

»Ich war zuerst ein wenig zögerlich. Ich bin Polizist. Da ist man nicht so frei wie ein Student, ein bisschen bequem wird man zugegebenerweise auch. Das normale Geschäft lief ja weiter. Es gab Einbrüche, Morde und andere Gewaltverbrechen. Du siehst ja, wir ermitteln auch am Wochenende. Ich will mich aber nicht herausreden. Es blieb noch genügend Zeit, zumal ich mich ja nicht mehr um meine Frau kümmern muss. Ich habe an zwei großen Demonstrationen teilgenommen, einmal zu Sylvester und einmal im Januar. Das war alles friedlich. In meinem Haus wohnt ein Ärztepärchen. Die sind sehr oft zu Demonstrationen gegangen. Wir hatten bis dahin nur wenig miteinander gesprochen. Sie wussten auch, dass ich bei der Polizei arbeite und haben ihre Teilnahme auf dem Maidan nicht an die große Glocke gehängt. Am 20. Februar haben die Berkut-Einheiten den Maidan geräumt, gewaltsam, und dabei 100 Demonstranten erschossen oder mit dem Bulldozer überfahren, viele, sehr viele wurden verletzt. 2000 vielleicht. Der offizielle Kanal hatte die Berichterstattung eingestellt, aber über Twitter und Internet konnte sich jeder informieren. Ich habe die Bilder gesehen. Ich hatte gerade auf dem Balkon gestanden und eine Zigarette geraucht, als ich meine beiden Nachbarn mit zwei Verletzten nach Hause kommen sah. Beide hatte einen Kopfverband und wurden von den beiden Ärzten gestützt, fast geschleppt. Ich bin sofort nach unten gerannt, im Hemd und mit Pantoffeln. Ich habe dann ein wenig geholfen, die Verletzten in die dritte Etage zu bringen. Der Verband, den sie trugen, war durchgeweicht vom Schnee. Ich konnte sehen, wie das Blut durchdrückte. Mein Nachbar sagte, dass sie Verbandsmaterial bräuchten, aus der Apotheke, aus dem Krankenhaus, egal woher, ob ich ihn fahren könne? Die beiden haben kein Auto. Die verdienen im Krankenhaus weniger als ich bei der Polizei. Ich habe mir schnell andere Schuhe angezogen.

Dann sind wir losgefahren. Erst haben wir es bei einer Apotheke versucht, dann sind wir in das Krankenhaus, wo Artem arbeitet. Weil das Krankenhaus ja später Ersatz beschaffen musste, haben wir denen Verbandsmaterial, Wundsalbe, Desinfektionsspray, auch was zum Schienen von Brüchen abgekauft. 1000 Hrywna ist hier viel Geld. Ich habe immer etwas Bargeld bei mir, den Automaten traue ich nicht. Aber ich hatte ja die beiden Verletzten gesehen, die sie, also die Berkut-Einheiten, übel zugerichtet hatten. Die haben für die Freiheit gekämpft. Was sind da 1000 Hrywna? Ihnen habe ich es zu verdanken, dass wir einen anderen Präsidenten bekommen haben. Nachher wurden zwei weitere Verletzte gebracht. Den einen haben wir dann für zwei Tage in meiner Wohnung einquartiert. Er musste sich noch schonen. Meine Nachbarn Artem und Yaroslava hatten so etwas mehr Platz für die übrigen drei, die eine etwas intensivere Betreuung nötig hatten. Ich habe in der Zeit dann für alle gekocht, weil ja alle wieder zu Kräften kommen mussten. Alle wollten wieder auf den Maidan und weiter demonstrieren. Ich habe mich schon ein wenig geschämt für meine eigene Bequemlichkeit. Letztlich hängt die Freiheit von solchen Leuten ab, die auf die Straße gehen und sich einsetzen. Oft ist es ziemlich einfach, sich auf die Straße zu stellen und zu demonstrieren und das Maul aufzumachen.

Wenn es dann erstmal so weit gekommen ist wie in Russland, dann ist es schwieriger. Dann braucht man sehr viel Mut und muss bereit sein, die Konsequenzen zu tragen. Das meint auch Gefängnis. Bei uns mussten 100 Demonstranten ihren Einsatz mit dem Leben bezahlen. Ich denke, wenn die Menschen rechtzeitig auf die Straße gehen, und wenn viele auf die Straße gehen, dann sind die persönlich zu tragenden Nachteile gering. Die Regierung kann nicht 100.000 Menschen einsperren. Das geht nicht. Wenn es nur ein paar sind, dann werden sie weggesperrt. Oder totgeprügelt. Wenn es 100.000 sind oder eine Million, dann geht das nicht. Ich philosophiere hier so einfach drauflos, es waren ja meine Nachbarn, die gekämpft haben, die geholfen haben, und natürlich die vielen Demonstrierenden auf dem Maidan, nicht ich.

Vielleicht muss ein Volk auch die Erfahrung gemacht haben, dass Demonstrationen etwas verändern können. In Russland haben Demonstrationen das letzte Mal vor 100 Jahren etwas bewirkt, bei der Oktoberrevolution, alles später wurde erfolgreich niedergeknüppelt. Na ja, gut, ich will nicht über die Russen urteilen. Wenn sie in ihrer Autokratie glücklich sind, dann können wir das nicht ändern. Aber wir, wir Ukrainer, wir wollen die Freiheit, wir wollen nach Europa.

Bei euch in Deutschland haben sie doch auch viel demonstriert, also im Osten. Jetzt gehen sie wieder auf die Straße, oder?«

»Ja, das stimmt, 1989 haben die Ostdeutschen für die

Freiheit und für die Einheit demonstriert. Sie riefen damals ›Wir sind das Volk‹ und später ›Wir sind ein Volk‹. Jetzt gehen sie wieder auf die Straße, diesmal gegen Ausländer. Dabei gibt es in Ostdeutschland so gut wie keine Ausländer, die Quote liegt da bei einem Prozent. Im Ruhrgebiet haben viel mehr Menschen einen Migrationshintergrund, aber das ist im Ruhrgebiet kein Problem, auch wenn die Arbeitslosigkeit genauso hoch ist wie im Osten. Man kann in die Köpfe der Ostdeutschen nicht hineinsehen. Die haben ja das gleiche Fernsehen wie die Menschen im Ruhrgebiet, aber es ist vermutlich die Luft, die sie aus den gleichen Informationen andere Schlüsse ziehen lässt. Also, ich weiß nicht, warum große Teile der ostdeutschen Bevölkerung so antidemokratisch und gelegentlich faschistisch drauf sind. Ich habe mal in Leipzig gearbeitet. Da gab es ein Musikevent in 50 Kneipen mit einer zentralen Abschlussveranstaltung in einer großen Halle. Die war dann trotzdem wegen Überfüllung geschlossen. Ich habe ganz vorne am Eingang gestanden und wurde mit anderen von den Ordnern zurückgedrängt. Schließlich habe ich den Ruf ›Wir sind das Volk‹ angestimmt. Es wusste ja keiner, dass ich aus dem Westen kam. Alle haben sie mitgerufen. Und dann haben wir die Halle gestürmt. Aufgrund meiner persönlichen Erfahrung bin ich davon überzeugt, dass es sehr einfach ist, die Menschen in Ostdeutschland auf die Straße zu bringen. Am besten ist immer, gegen etwas zu demonstrieren, gegen die Ausländer, gegen Merkel, gegen den Euro, gegen Europa, gegen die da oben und so weiter. Ich persönlich denke, dass 1989 viele Menschen auch für einen VW Golf oder ein qualitativ hochwertiges Farbfernsehgerät auf die Straße gegangen sind, nicht unbedingt für die Freiheit. Die Proteste von heute stehen jedenfalls in der Tradition derjenigen, die damals für einen neuen Golf und einen Farbfernseher demonstriert haben. Ich ziehe aber meinen Hut vor den Maidan-Demonstranten! Komm, ein Bier nehmen wir noch, dann will ich aber ins Hotel.«

»Das klingt ziemlich gemein, also Deine Meinung über die Demonstrationen in Ostdeutschland.«

»Wahrscheinlich habe ich mit meiner Meinung auch übertrieben. Ich urteile ja aus der Perspektive eines Westdeutschen. Die Amerikaner haben uns nach dem Krieg an die Hand genommen und mit den Deutschen einige Jahre geübt, wie Demokratie geht.

Von alleine hätten wir es vielleicht auch nicht geschafft, jedenfalls nicht so schnell. Dann haben sie, die Amerikaner, auch noch Strukturen geschaffen, die wirtschaftlichen Wohlstand befördert haben. Wenn Demokratie mit Wohlstand verbunden ist, dann ist natürlich jeder für die Demokratie. In Teilen Ostdeutschlands kommt der Wohlstand nur langsam an, zumindest langsamer, als die Menschen es erwarten. Helmut Kohl hatte 1990 blühende Landschaften versprochen. Jetzt laufen die ostdeutschen Landsleute den rechtsradikalen Rattenfängern nach. Man könnte sagen, dass die Ostdeutschen aus Enttäuschung über die nicht erfüllten wirtschaftlichen Erwartungen zu Unterstützern faschistischer Bewegungen geworden sind, denn objektiv gesehen geht es ihnen wirtschaftlich sukzessive besser und teilweise sogar besser als bestimmten Regionen im Westen. Ach, eigentlich wollte ich jetzt Verständnis für die politische Positionierung der Ostdeutschen zeigen, aber der Versuch ist gescheitert. Es ist wohl doch eine Mentalitätsfrage. Sagen wir, das ist in etwa so wie mit den Ukrainern und den Russen. Die Ukrainer gehen für ihre Freiheit auf die Straße und die meisten Russen würden die Freiheit nicht einmal geschenkt nehmen. Auf die Freiheit, auf die Ukraine. Slava Ukraini!«

Wir erhoben beide unsere Gläser. Es ist schon unter normalen Umständen, also in einem nüchternen Zustand, manchmal schwierig, den roten Faden in einer Rede nicht zu verlieren. Es macht Sinn, sich vorher klarzumachen, wo man argumentativ hinwill, was man vielleicht besser erzählt und was nicht. Dafür war nun so spontan keine Zeit gewesen. Naja, manchmal ist das mit dem roten Faden auch nicht so wichtig.

»Taras, ich gehe jetzt. Du solltest nicht mehr fahren, damit wir bei meinem nächsten Besuch weiterdiskutieren können. Wo ist der Wirt? Ach da.«

Ich schluffte zu dem Wirt hinüber, der am Eingang stand, und bezahlte. Dann drehte ich mich noch einmal zu Taras herum, der mich zurück zu sich an den Tisch winkte und rief. Auf dem Tisch standen zwei gefüllte Wodkagläser, also in Shot-Größe, nicht Sto Gramm. Wo die hergekommen waren, wusste ich nicht. Also stießen wir noch einmal miteinander an, klopften uns gegenseitig auf die Schulter. Ich sagte

»Спасибо, до свидания, спокойной ночи«, also

Danke, Wiedersehen, Gute Nacht, und verschwand dann in Richtung Andreassteig.

Zum Hotel hatte ich es nicht weit, das Café auf der Ecke war günstig gewählt. Ich überlegte noch kurz, ob es vielleicht doch etwas unhöflich gewesen war, den Abend so abrupt zu beenden. Wahrscheinlich hätten wir noch das ein oder andere Thema gefunden, mein Krim- und der anschließende Klinikaufenthalt hätten mindestens für drei weitere Halblitergläser gereicht. Nein, ich musste morgen zu Sveta. Es hatte gutgetan, für einen Moment meine Sveta zu vergessen und sich auf die Maidan-Revolution zu konzentrieren und mentalitätsbedingte Unterschiede der Nationen in ihrem revolutionären Verlangen herauszuarbeiten. Der Diskurs hatte – ohne zu übertreiben – einige Erkenntnisse und Weisheiten zu Tage gebracht, auch wenn wir vielleicht erschöpfungs- und alkoholbedingt dem wissenschaftlichen Anspruch akademischer Eliten nicht voll gerecht werden konnten.

Im Zimmer stellte ich den Wecker auf sieben. Ich wollte in Ruhe frühstücken, vielleicht könnte ich das Hemd noch aufbügeln, die Schuhe vom Staub befreien. Ich wollte noch etwas nachdenken, wenn es denn noch etwas gäbe, das sorgfältig bedacht werden müsste. Genau wusste ich das nicht. Abschiede kann man nicht planen, von Toten nicht und von Sterbenden schon gar nicht. Das Drumherum lässt sich einigermaßen einschätzen. Totenschein, Aufbahrung zu Hause, Überführung zum Bestatter, Aufbahrung in der Trauerhalle, Gottesdienst, Beerdigung, Leichenschmaus. Wenn der Notarzt kommt und eine Wiederbelebung versucht, ist alles durcheinander. Dann sterben die Leute im Krankenhaus mit Infusionsschläuchen in der Nase, im Arm. Und Katheter. Angehörige können ihre Liebsten dann nicht einmal richtig umarmen aus Furcht, ein Schlauch könnte abgerissen werden. Ich schlief sofort ein.

10. April 2022

Ich hatte von Sveta geträumt. Das ist nicht verwunderlich. Ich will nicht versuchen den Traum zu beschreiben, ich könnte nur Fragmente erzählen. Letztendlich bleibt der Großteil der Träume im Verborgenen.

Um halb elf verließ ich das Hotel. Ich wollte sehen, ob der Wagen, den Mikhailyuk schicken wollte, schon wartete. Vielleicht würde ja auch Mikhailyuk noch einmal kommen. Freuen würde ich mich wohl. Aber ein wenig Abstand zu gestern Abend würde mir auch guttun. Außerdem sollte Mikhailyuk einmal frei machen. Es war Sonntag, und er hatte wegen mir, wegen Sveta, um das Verbrechen aufzuklären, schon Freitag und Samstag bis spätabends gearbeitet.

»Mr. Silbermann? Mr. Mikhailyuk sent me in order to give you a ride to the forensic medicine center. I am Anton.«

Wir begrüßten uns kurz mit Handschlag, dann liefen wir ein paar Meter zu seinem Auto, einem neueren Renault Laguna. Ich selbst hatte immer nur kleine Renaults gefahren, das größte und teuerste Modell war mal ein Megane 2 gewesen. Der hatte ein markantes Design, gerne hätte ich mir auch einen Alfa Romeo 156 zugelegt, aber der lag preislich weit oberhalb meines Budgets. Sonst hatte ich immer nur gebrauchte Wagen gefahren. Wenn beispielsweise meine Eltern nach acht Jahren ein neues Auto gekauft hatten, dann durfte ich für einen

Freundschaftspreis ihren alten Wagen (der unteren Mittelklasse) übernehmen. Kumpels von mir mit Bastelgeschick haben meine Gebrauchten später noch einige zehntausend Kilometer weitergefahren. Wenn in der Ukraine private Fahrdienste angeboten wurden, dann war der Laguna ein beliebtes Modell gewesen. Schnell, aber doch nicht so teuer wie ein entsprechender BMW oder ein Alfa Romeo. Mein besonderes Interesse für den 156 rührt vermutlich daher, dass Matula, der Privatdetektiv im »Fall für zwei«, so einen fuhr. Ungefähr zu der Zeit, als ich Sveta kennengelernt hatte, durfte ich bei einem Kundentermin einen Alfa 156 vom Flughafen Köln/Bonn ins Sauerland fahren, wo der Kunde seinen Hauptsitz hatte. Der Kollege, der etwas älter war als ich, hatte mir freiwillig das Steuer überlassen, weil er sich seit einem Autounfall, bei dem er sich gravierende Schnittverletzungen im Gesicht zugezogen hatte, am Lenkrad unsicher fühlte. Ich hatte damals über die Holzinnenverkleidung gestaunt, die Instrumente und Schalter waren meiner Erinnerung nach alle etwas gequetscht angeordnet gewesen und der Lenker eher klein, aber rundherum aus Holz. Das hatte sich ganz anders angefasst als das Plastik im Renault.

Anton flitzte mit seinem Laguna über die Naberezhno Khreshchatytska Straße. Das war die vierspurige Uferstraße, die hinter dem Stadtteil Podil einen Knick nach links macht und dann außerhalb des Stadtkerns in Richtung von Babyn Yar und eben zum Gerichtsmedizinischen Institut führt. Die Uferstraße ist mit prestigeträchtigen Gebäuden gesäumt. Nach dem Knick wechseln neuere Wohnbebauung mit Gewerbebauten und Hotels. Die Straße, die vorher wohl als billige Ausfallstraße gedient hatte mit der üblichen ungeordneten Gewerbeimmobilienbebauung, wurde sukzessive zum Wohnquartier für Betuchtere umgewidmet. Es gab auf dieser Route nicht viel zu sehen. Mikhailyuk hatte die Fahrtstrecke so gewählt gehabt, dass ich einen guten und bleibenden Eindruck von Kyiv bekomme. Er hatte ja fast eine Sight-Seeing-Tour veranstaltet, die ich im Übrigen sehr geschätzt habe. Anton war vermutlich nur mit dem Fahrauftrag ausgestattet gewesen. Wahrscheinlich war er auch nicht von der Polizei. Wir sprachen während der Fahrt nur wenig oder eigentlich eher gar nicht. Ich war, nachdem wir die Straße abgebogen waren und Anton beschleunigte, anfangs ziemlich in den Sitz gedrückt gewesen; eine Geschwindigkeitsbegrenzung gab es hier wohl nicht oder keine ausreichenden Kontrollen. Wie schon angedeutet, es gab am Straßenrand auch nicht so viel zu sehen, jedenfalls aus meiner Perspektive nicht. Ob das jetzt der Grund war, so schnell zu fahren, oder ob Anton noch einen anderen Auftrag hatte, ich wusste es nicht. Zwischendurch hatte ich beinahe das Gefühl gehabt, Anton wollte mich direkt zum Flughafen bringen. Aber das würde er wohl nicht machen. Dann verließen wir die Schnellstraße, fuhren nach rechts heraus, um dann in einer Schleife nach links abzubiegen. Die Straße führte unter der Schnellstraße hindurch. Anton hatte sein Tempo mächtig gedrosselt und sagte dann nach einigen hundert Metern, nachdem wir von der Schnellstraße abgefahren waren: »This is church of sacred Kyrill.«

»But you do not mean the patriarch from Moscow?«

»Of course not. Kyrill was the founder of the orthodox church. He is holy, the devil in Moscow not.«

Ich nickte und machte ein hörbares »Hmh«. Ich wollte nichts Falsches sagen.

Wenig später waren wir am Gerichtsmedizinischen Institut angekommen. Ich zückte meine Geldbörse, aber Anton winkte ab. Vermutlich ging die Reise auf Staatskosten oder Mikhailyuk hatte bezahlt. Ich bedankte mich und stieg aus.

Anton wendete den Wagen. Als er bei mir noch einmal vorbeifuhr, winkte ich zum Dank und lächelte ihm kurz zu. Ich wollte noch einen Moment draußen stehen bleiben. Letztendlich, ich habe es schon gesagt, kann man sich nicht wirklich auf den Abschied von einem Gestorbenen vorbereiten. Bei Sterbenden geht das gar nicht, der Sterbende wartet ja nicht, bis der Verwandte bereit ist, ihn zu verabschieden. Die Chronologie des Sterbens bestimmt der Sterbende, sofern Maschinen das nicht übernehmen, danach muss man sich als Angehöriger oder Freund dann richten. Es gibt da nichts vorzubereiten. Man kann da nicht sagen, warte bitte, ich brauche noch einen Moment. Wenn einen die Tränen überkommen bei einer Rede, dann kann man kurz innehalten und Luft holen. Jetzt konnte ich noch einmal durchatmen, aber egal, wie oft ich die Prozedur wiederholen würde, ich wäre nicht wirklich besser auf den Moment des Abschiednehmens vorbereitet. Ich machte ein paar Schritte auf den Eingang zu und zog dann ein wenig ruckartig und zu forsch die Glastür auf. Ich hatte mir vorgenommen, nicht schon an der Eingangstür zu scheitern. Drinnen meldete ich mich beim Pförtner, der hinter einer Glaswand saß, und zeigte meinen Ausweis. Ich schob den Ausweis durch die Aussparung, weil der Pförtner ihn vermutlich etwas länger prüfen wollte oder musste. Bei den ukrainischen Pässen, zumindest bei den nationalen Pässen wurde Kyrillisch verwendet, ein deutscher Reisepass war nun vermutlich ein nicht alltägliches Dokument für den Mann am Empfang, zudem war die lateinische Schrift doch etwas gewöhnungsbedürftig. Man bekommt das hin, aber es dauert ein wenig. Der Pförtner sagte, ich sollte ein wenig warten. Ich würde gleich abgeholt.

12. April 2022

Das Gebäude war ein Klinkerbau mit gelben Ziegeln. Es war schlecht zu sagen, ob der Bau aus den 70er Jahren stammte oder aus den 80ern. Die Fenster waren an einigen Stellen erneuert worden, wahrscheinlich da, wo es gar nicht anders mehr ging. Dort waren dann weiße Plastikfenster eingebaut worden. Man kennt das auch in Deutschland, wenn das Geld für eine Modernisierung fehlt. Hier in der Ukraine fehlte das Geld noch ein wenig mehr. Auf dem Boden waren Marmorplatten verlegt, Gebrauchsmarmor, der sich leicht pflegen ließ und der sich robust über die Jahre gehalten hatte. Nach einer dreistufigen flachen Treppe waren die übrigen Räumlichkeiten durch eine Drehtür abgetrennt, an der Seite war ein Kartenlesegerät angebracht. Hier drinnen am Empfang machte das Gebäude einen gänzlich anderen Eindruck als von außen. Ich denke, das Institut musste ja seinen Zweck erfüllen. Eine Gerichtsmedizin, wo die Leichen nicht gekühlt werden können, wo das notwendige Instrumentarium fehlt, um die Toten zu sezieren oder Gewebeproben auf Drogen- und Giftrückstände zu untersuchen, wo bestimmte Hygienestandards nicht vorhanden sind, könnte seine Aufgaben nicht erfüllen.

Nach einigen Minuten kam ein mittelgroßer, kräftig gebauter, vollends ergrauter etwa 45 Jahre alter Mann mit Drei-Tage-Bart und Kurzhaarschnitt und weißem Kittel durch die Drehtür und auf mich zu.

»Herr Silbermann? Guten Tag, ich bin Mykyta Tsiganov. Es ist Sonntag, da haben die Leute, die sich um den Andachtsraum kümmern, frei. Sie zünden die Kerzen an und wechseln auch abgebrannte aus. Manchmal stellen sie neue Blumen in den Raum.

Ich werde die Kerzen anzünden, auf die Blumen müssen Sie leider verzichten. Kommen Sie mal mit, ich muss Frau Marukova noch holen. Entschuldigen Sie …«

Tsiganov gab mir die Hand und legte mir die andere Hand auf die Schulter.

»Der Tod Ihrer Freundin tut mir sehr leid. Für Ihre Freundin und für Sie. Ich darf Sie um Entschuldigung bitten, dass ich mich vorhin so flapsig ausgedrückt habe. Wissen Sie, mein Job ist es halt, die Toten zu untersuchen, das sind zwei pro Tag. Dann schreibe ich die Todesursache und die vermuteten Todesumstände in meinen Bericht rein. Manchmal rede ich auch mit den Toten. Die sagen natürlich nichts, wenn ich mal nicht die richtige Tonlage getroffen habe. Wie gesagt, die besonders geschulten Mitarbeiter haben heute frei. Herr Mikhailyuk hatte gefragt, ob Sie heute kommen dürften, weil Sie am Montag schon wieder nach Deutschland fliegen. Da habe ich gesagt, dass ich heute sowieso im Institut bin, weil ich ein paar Leichen abarbeiten muss. Seit dem Sturz von Janukowitsch haben wir einige Verdachtsfälle mehr. Es kann sein, dass da noch Rechnungen miteinander beglichen werden oder man versucht, Mitwisser zu beseitigen. Ich arbeite schon seit 15 Jahren hier und hatte immer zwei Tote pro Tag, seit anderthalb Jahren sind es drei, manchmal vier. Manche werden auch aus dem Donbass überführt, aber Leute, denen der Unterleib von einer Bombe zerfetzt wurde, schauen wir uns ja nicht mehr an. Da ist ja klar, woran sie gestorben sind. Jetzt erzähle ich schon wieder so viel, tut mir leid.

Kommen Sie, bitte hier durch die Drehtür. Der Pförtner hat sie frei geschaltet.«

Ich folgte Tsiganov. Wir liefen den Gang hinunter. Am Ende des Ganges waren auf der rechten und linken Seite jeweils fünf Stühle aufgereiht.

»Setzen Sie sich. Ich mache den Raum noch etwas fertig. Ich hole Sie dann herein. Nehmen Sie sich die Zeit, die Sie brauchen. Sie dürfen Frau Marukova auch noch einmal berühren. Die Untersuchungen sind soweit abgeschlossen. Das Nachthemd, das wir Frau Marukova angezogen haben, kann man vorne aufknöpfen, ich bitte Sie aber, die Knöpfe nicht aufzumachen. Wahrscheinlich ist es unnötig, Ihnen das zu sagen. Wir hatten hier aber auch schon Angehörige, die haben sich ihre Verstorbenen noch ganz genau angesehen. Einer hatte sich auch mal zu seiner verstorbenen Freundin in den Zinksarg gelegt. Naja, Sie wissen ja auch, dass Frau Marukova mit dem Hinterkopf auf dem Beton aufgeschlagen ist. Wir haben sie jetzt ein wenig so fertig gemacht, wie das auch Bestatter machen, also, was ich sagen will, lassen Sie sie am besten so liegen. Erschrecken Sie nicht, Frau Marukova ist kalt, noch kälter, als Tote ohnehin schon sind, wir mussten sie aus den bekannten Gründen kühlen. Bis gleich.«

Nach einigen Minuten, in denen ich wirklich an nichts gedacht hatte, die ich einfach nur gewartet hatte, von denen ich nicht wusste, wie viele es nun genau gewesen waren, es mochten zwei, drei, aber auch sieben oder acht, neun oder zehn, auch fünfzehn gewesen sein, winkte mich Tsiganov herein. Es gibt solche Momente, in denen einer einfach nur wartet, ohne Eile, weil man ohnehin nichts ändern kann, beispielsweise vor einer schweren Operation, bei der lebensbedrohliche Komplikationen auftreten können. Das Schicksal liegt dann in Gottes Hand und mehr noch in der der behandelnden Ärzte. Tsiganov hatte – von mir unbemerkt – die Tür von außen geschlossen. Ich war mit Sveta allein. Schwere Vorhänge hielten das Tageslicht draußen. Im Raum brannten acht große Kerzen, von denen jeweils zwei in einer Ecke angeordnet waren. Ich hatte für einige Sekunden wohl die Atmung angehalten, in diesem Augenblick konnte ich Musik hören, die vermutlich von einem Band abgespielt wurde. Für einen Moment schloss ich die Augen, es waren liturgische Gesänge der orthodoxen Kirche, was genau es war, konnte ich nicht sagen. Ich öffnete meine Augen und trat etwas näher an Sveta heran, so dass ich sie im Ganzen sehen konnte. Svetas Kopf war auf ein weißes Kissen gebettet, der Kopf lag leicht erhöht. Die Augen waren geschlossen, als ob sie schliefe. Das Hemd, von dem Tsiganov gesprochen hatte, war aus glattem Leinen und einfach. Es hatte kurze Ärmel. Die Arme lagen seitlich. Um den Lendenbereich hatten sie – oder vielleicht war es auch Tsiganov gewesen – ein mehrfach gefaltetes Tuch gelegt und mit den Enden etwas unter

Svetas Körper geschoben. Es reichte bis über die Knie, fast so wie ein kurzer Rock. Die Beine lagen gerade. An den Armen hatten sich hellrote Flecken gebildet, vermutlich da, wo die Arme auf den Boden aufgeschlagen waren.

An den Beinen konnte ich keine Verfärbungen sehen, was aber damit begründet sein konnte, dass ja ein Teil von ihnen durch das Tuch abgedeckt war und die Knie oben lagen. Die meisten der sichtbaren Flecke befanden sich an den Armen. Ich wusste nicht, wie der Rücken und der Po aussahen. Wenn Sveta auch nicht über ein sonderlich ausgeprägtes Becken verfügte, so war doch anzunehmen, dass sie aufgrund des natürlichen Massenschwerpunktes des Menschen möglicherweise mit dem Po zuerst aufgekommen war. Dann wären dort die größten Hämatome zu finden.

Sveta sah aus, als ob sie schliefe. Das weiße Hemd, das zu einem Lendenschurz gefaltete Leinentuch machten sie ein wenig zu einem Engel. Der Kopf war rein äußerlich gesäubert worden. Von dem Blut, in dem sie nach dem Aufprall gelegen hatte, war nichts mehr zu sehen. Vielleicht wären am Hinterkopf noch Reste zu finden.

Sicherlich hatten Tsiganov und seine Kollegen genug und ausreichend Svetas Körper untersucht, um vielleicht noch irgendwelche Spuren zu entdecken.

Wahrscheinlich hatten sie auch überprüft, ob Sveta unter Drogeneinfluss gesprungen war. Und als vermutlich keine Hinweise auf eine Fremdeinwirkung zu entdecken gewesen waren, da hatten sie dann Sveta doch ein wenig zurechtgemacht.

Wo ich Sveta so vor mir liegen sah, hatte ich vor allem ihr Lachen vor Augen. Auch wenn ich Sveta so detailliert beschrieben habe, so erinnert man sich posthum doch nicht allzu sehr an die körperlichen Einzelheiten. Die vermengen sich zu einem angenehmen – in anderen Fällen vielleicht auch weniger angenehmen – Ganzen.

Ihre blaugrün strahlenden Augen blitzten in meiner Erinnerung auf. Wie oft hatte ich diese angesehen? Vielleicht auch nicht allzu oft? Ich hatte ihre Brüste geliebt, ich will das nicht alles wiederholen. In diesem Moment dachte ich nicht daran. Wir hatten schön und viel miteinander geschlafen, aber das war nicht das, was ich von Sveta in Erinnerung behalten wollte. Es waren Zeit und Raum, die die einzelnen Sequenzen definierten, die schließlich meine Erinnerung bestimmten.

Die erste schöne Zeit hatten wir in Berlin erlebt. Sveta kam am Wochenende immer aus Hannover. Die Augusttage waren herrlich warm gewesen. Gern hatte ich ihr Berlin gezeigt, meine Lieblingsfreitagskellerbar, mein Lieblingsrestaurant in der Bötzowstraße; A. Merkel speiste zu dieser Zeit noch nicht dort. Wir hatten auch zuhause gekocht. Zusammen kochen bietet doch ganz andere Möglichkeiten als das Essen im Restaurant. Begeistert war ich von Svetas Borschtsch. Den hatte sie einmal so eifrig zubereitet, dass einige Stücke der roten Beete von der Arbeitsplatte oder vom Küchenbrett heruntergefallen waren, ihr Bein gestreift hatten und auf einem Fuß liegen geblieben waren. Ich hatte dann, um Ordnung und Sauberkeit bemüht, Fuß und Bein mit meiner Zunge gesäubert. Vielleicht verwunderlich, aber der Borschtsch wurde tatsächlich fertig. Sveta hatte beim Essen dann wieder ihr kurzes hellblaues Blümchenkleid angezogen, das zu dem Borschtsch auf dem Teller vor ihr sinnlich kontrastierte. So hatte sich das bei mir eingeprägt. Das geblümte Sommerkleid, das Sveta am Freitag getragen hatte, hatte mich kurz an das Kleid in Berlin denken lassen; es war aber wohl ein neueres gewesen.

Borschtsch hatte ich seitdem nie selber zubereitet. Wohl hatte ich ihn mir in Polen bestellt. Rote Beete ist bei mir häufiger im Kühlschrank, aber an Borschtsch hatte ich nicht gedacht. Gedacht habe ich erst wieder daran, als Russland die Ukraine angegriffen hat, Tausende Menschen in ihren Häusern und auf der Straße, in Kindergärten und Schulen und Krankenhäusern mit Bomben getötet und verstümmelt hat und seitdem Millionen Ukrainer aus ihrer Heimat vertreibt. Ich koche jetzt regelmäßig Borschtsch. Ich hatte im Internet nach einem Rezept gesucht und variiere es, je nachdem, welche Mengen von den Zutaten gerade verfügbar sind. Es ist ein vegetarisches Rezept, deshalb ist es nach meiner Interpretation ukrainischer Borschtsch. Dabei teste ich noch aus, wie er noch besser werden kann, so dass man ihn auch mal den Gästen präsentieren kann. Es hilft den Ukrainern nicht, aber es ist ein Akt des Widerstandes, so wie die ukrainische Fahne im Fenster. Ich hoffe, dass ich sie bald abhängen kann. Wahrscheinlich ist das naiv.

Als ich Sveta im Juni einmal besucht hatte, waren wir mit dem Zug auf die Krim gefahren. Es gibt einen Zug, der nachts fährt und einen, der doppelt so lange und damit auch tagsüber unterwegs ist. Den hatte Sveta gewählt, vermutlich weil er weniger ausgebucht war und wir so ein ganzes Abteil für uns hatten. Außerdem konnte sie mir so die Landschaft der Ukraine zeigen. Weil die Beziehung immer noch neu für uns beide war, hatten wir natürlich auch im Zug miteinander geschlafen, ein wenig im Rhythmus, der entsteht, wenn die Räder die Eisenbahnschwellen überrollen. Sveta wollte immer an besonderen Orten, später ging es aber auch im Bett. Die Zugfahrt war aufregend für mich gewesen (und schön). So konnte ich viel sehen von der Landschaft, den Feldern, den Häusern und den leider sehr armen Menschen auf dem Lande. Bei der Überfahrt auf die Krim hatte ich das erste Mal Salzseen gesehen. Mein Erstaunen rührte aber vielleicht auch daher, dass ich nicht so weit gereist war und noch nicht alles kenne und gesehen hatte. Die Krim hatte ich vorher jedenfalls nicht besucht und auch keine großen Vorstellungen davon, wie sie aussieht, wie das Klima ist. Nur das Bild von Willy Brandt und Breschnew kannte ich, als sie auf einem Boot herumschippern. Das Bild scheint im Augenblick, wo ich diese Zeilen schreibe, so entsetzlich weit weg. Jalta war damals, als Sveta und ich dort waren, in einer Art Findungsphase gewesen. In Sowjetzeiten waren oft ausgewählte Familien mit einem Urlaub auf der Krim belohnt worden, wenn sie sich um das Gemeinwohl oder die Partei verdient gemacht hatten. Nach dem Zerfall der Sowjetunion kamen dann lange Zeit keine Russen mehr; für viele Ukrainer war ein Urlaub in den 90er und 00er Jahren weder auf der Krim noch anderswo bezahlbar, so dass der Tourismus auf der Halbinsel weitgehend ausblieb. Erst ab 2010 haben die Russen die Krim für sich wiederentdeckt und sich dort schon einmal eingekauft, vielleicht ein wenig so wie europäische Handelskompanien in Afrika die Vorhut für die spätere Kolonialisierung bildeten. Alles versprühte einen maroden Charme. Da waren die Häuser aus der Zarenzeit und anstatt alter Straßenkreuzer wie auf Kuba technische Relikte aus der Sowjetzeit, die entweder weiterbetrieben wurden oder funktionsunfähig in der Gegend herumstanden. In Gursuf, wo Tschechow einst seiner Tuberkulose Linderung verschaffte, schipperten wir auf unserem Tretboot durch die Bucht. Ich glaube, wir beide fühlten uns an diesem Tag ein wenig wie die ersten Touristen in Saint-Tropez, als die Stadt am Mittelmeer noch den Reiz des Neuen, des Ungezogenen ausstrahlte. In Jalta hatte man uns eine Wohnung mit Dachterrasse vermietet mit direktem Blick auf die Uferpromenade. Im Jahr 2000 und Ende Mai war die Uferpromenade leer gewesen. Andererseits wird eine Dachterrasse nicht erst dann wertvoll, wenn von unten massenhaft Menschen heraufschauen und bei ihnen Neidgefühle entstehen. Ein Wert an sich oder ein innerer Wert ist auch so vorhanden, wenn noch keine Bepreisung vorgenommen wurde. Das mag in der Welt von Instagram und WhatsApp schwer nachvollziehbar sein, wo der Wert des Urlaubs erst dadurch entsteht, dass andere sehen, an welchem tollen Ort sich der Instagrammer gerade befindet. Von der Maus in unserem Apartment möchte ich nicht berichten. Sveta hatte Angst vor ihr gehabt. Die Vermieter hatten deshalb eine Falle aufgestellt. Mir tat das Mäuschen jedenfalls leid, als ich es am nächsten Tag entdeckte. Aber es war zu spät.

Ich dachte in diesem Moment an das Außergewöhnliche, an das, was für mich und wahrscheinlich auch für Sveta außergewöhnlich gewesen war. Das muss nicht immer etwas mit Sex zu tun haben. Sex wiederholt sich, obwohl er deshalb nicht unbedingt langweilig wird. Außerdem wollte ich hier in dem Andachtsraum meine Erinnerung thematisch nicht zu sehr beschränkt sehen. Ich war mit meinen Gedanken plötzlich in den Bergen von Kalifornien angekommen, als ich für Sveta Skilehrer gespielt hatte.

Wir hatten uns keine Liftkarte gekauft. Das kenne ich so aus Österreich. Am Anfang wird immer den Berg hinaufgestapft. Schlepper kommt erst später. Dann braucht man anfangs auch keine Liftkarte. Also sind wir zunächst den Anfängerhügel hinaufgestiefelt und sind dann abgefahren. Das Hochstapfen ging genauso schnell wie Anstellen, und auch Liftfahren muss im Übrigen gelernt werden. Weil ich kein examinierter Skilehrer bin und auch sonst über wenig Lehrerfahrung verfüge, hatte ich Sveta kurz gezeigt, wie man Kurven mit dem Schneeflug fährt, und hatte sie dann zwischen meine Beine genommen, um die Belastung von Berg- und Talski in den Kurven nicht nur theoretisch zu demonstrieren. Meine Lehrmethode war erfolgreich. Sveta hatte sich kein einziges Mal hingelegt. Nach einer Weile war allerdings die Pistenpolizei aufmerksam geworden, weil meine Unterrichtsmethode unter Umständen als zu unzüchtig und jugendgefährdend angesehen worden war. Bei der Aufnahme der Personalien fiel dann auch auf, dass wir keine Liftkarte besaßen.

Anders als in Europa muss man in Amerika eine Karte für den Lift erwerben, auch wenn man den Berg mit eigener Muskelkraft erklimmt. Es war der letzte Tag des Wochenendes gewesen, insofern war der Platzverweis von uns nicht als übermäßig tragisch empfunden worden.

15. April 2022

Ich machte noch zwei Schritte auf Sveta zu, so dass ich direkt neben ihr beziehungsweise neben dem Zinksarg stand. Ich wollte sie noch einmal anfassen. Es wäre das letzte Mal in diesem Leben. Ich streichelte ihre rechte Hand und sprach einige Worte zu ihr. Die waren für Sveta bestimmt; ich wiederhole sie hier nicht. Dann küsste ich Svetas Füße und Svetas Knie, die ja unverdeckt waren. Dann streichelte ich beide Arme. Die Extremitäten waren sehr kalt. Tsiganov hatte mich darauf vorbereitet, aber ich erschrak trotzdem. Dann machte ich noch einen Schritt zur Seite, so dass ich nun genau unterhalb von Svetas Kopf stand und ihr schlafendes Gesicht sehen konnte. Die Augen hatten sie geschlossen, so wie man das bei Toten macht. Man sagt, aus Pietätsgründen werden die Augen von Toten geschlossen, sofern der Verstorbene die Lider nicht ohnehin geschlossen hatte. Es sind aber dann wohl doch eher die Angehörigen, auf die bei dieser Sitte Rücksicht genommen wird. Manche fürchten sich vor den leeren Blicken des Toten. Vielleicht schaut man direkt ins Jenseits. Das ist natürlich aus der reinen Vernunftsperspektive purer Unsinn. Ich streichelte Sveta die Wangen, die rechte und die linke. Dann bekam sie ein Küsschen rechts und links und auf die Stirn. Ich hielt inne und schaute Sveta noch einmal an. Nur ungern gebe ich zu, dass ich noch einen Moment überlegte, Sveta ein weiteres Küsschen zu geben.

Ich wollte mir Svetas Einverständnis holen und blickte zu ihren geschlossenen Augen, dann öffnete ich mit meinen Fingern schnell die oberen Knöpfe des Hemdes und gab ihr jeweils einen dicken Kuss auf die rechte und linke Seite neben den Brustwarzen, insgesamt also vier. Sveta hatte das gemocht und stets darauf bestanden, dass ich mich auch um ihre Brüste kümmerte.

Ich verließ das gerichtsmedizinische Institut und lief zu der Metrostation. Im Hotel packte ich meinen Koffer und sortierte die Unterlagen für den Flug. Nachmittags lief ich den Andreassteig hoch und verweilte in dem Park, der sich von der Sankt-Andreas-Kirche bis weit hinter das Sankt-Michaelskloster zieht. Von einer Parkbank blickte ich auf den Dnipro hinunter und die grünen Wälder auf der anderen Seite des Flusses.

Anfang August erhielt ich einen Brief aus der Ukraine. Beigefügt war eine Trauerkarte. Meine Mutter hatte mir den Brief weitergeleitet, ihre Adresse war über die Jahre die gleiche geblieben. Sveta hatte früher auch einige Male an meine Eltern geschrieben. Den Brief möchte ich hier doch noch kurz wiedergeben. Er war in englischer Sprache verfasst:

Lieber Olaf,
Sveta ist gestorben. Ich habe lange überlegt, ob ich Dir diesen Brief schreiben soll, ob ich Dir von Svetas Tod berichte. Sie ist aus dem Fenster gestürzt, aus dem Fenster des Hauses, wo ihr einige Male übernachtet hattet. Mehr

möchte ich nicht dazu sagen. Wie Du wahrscheinlich weißt, war Sveta seit einiger Zeit verheiratet mit Dmitrij. Sveta hat nicht viel berichtet. Einmal ist Sveta mit Fotos zu mir gekommen. Zu der Zeit hatte ich Dich schon fast vergessen. Das sagen wir so, wenn etwas Jahre zurückliegt. Natürlich kann ich mich an Deine Besuche hier erinnern und hatte mir dann ja auch gewünscht, dass daraus mehr würde. Vermutlich war dann ja auch mehr zwischen Euch, als ich mir damals vorgestellt hatte. Es war ein ganzer Karton mit Fotos, die Sveta irgendwo zuhause in ihrem Zimmer über die ganze Zeit hin verwahrt hatte und die Euch beide, zusammen und alleine, in Kyiv zeigen, in Paris – da wäre ich auch mal gerne hingereist –, am Strand an der Ostsee und am Atlantik in Frankreich. Obwohl Sveta mit Dmitrij sehr zufrieden ist oder war, er kümmert sich sehr um sie, hatte ich doch das Gefühl, dass Sveta manchmal der Zeit mit Dir nachtrauerte. Eine Mutter weiß immer, was ihr Kind fühlt, zumindest ist das so, wenn es eine Mutter-Tochter-Beziehung ist. Bei den Gesprächen hatte ich Sveta oft kurz in die Augen geschaut, es war dann nicht nötig, sie weiter zu fragen oder auszufragen. Wenn Du doch eines Tages nach Kyiv kommen solltest und sie am Grab besuchen möchtest. Wir haben sie letzte Woche auf dem Berkowezkyj–Friedhof bestattet. Wenn Du auf der Karte nachsehen möchtest, Берковецький цвинтар, das ist ganz bei uns in der Nähe.

Telefonnummer und Adresse von uns sind die gleichen geblieben.

Danke, möge Gott stets seine schützende Hand über Dich halten! Olga

Epilog

Der Krieg, mit dem Putin die Ukraine überzogen hat, dauert jetzt schon zwei Monate. Ein Ende von Vertreibung, von Tod, von Leid, von Zerstörung, von Krankheit, von Hunger, von Durst, von Bomben, von Raketen, von zerstörten Lebensträumen ist nicht in Sicht. Die Heimat wird genommen, das Land zerstört. Es ist zu befürchten, dass Putin das Ukrainische auslöschen möchte, die Erinnerung an die Kultur tilgen. Ein Herrenmenschengehabe, wie es uns auch in der deutschen Geschichte leider nicht fremd ist und für die Zukunft hoffentlich ausgeschlossen werden kann.

Ich hatte angefangen, diese Geschichte zu schreiben, da wären vermutlich nicht einmal die schärfsten Putin- und Russlandkritiker auf die Idee gekommen, dass Putin sechs Wochen später seinen Vernichtungsfeldzug gegen die Ukraine, gegen die Ukrainer, gegen die ukrainische Kultur und die ukrainische Erinnerung startet.

Als die Nachrichten von dem Krieg im Radio kamen, da konnte ich erstmal nicht weiterschreiben und musste eine Pause einlegen. Wie könnte ich mich an Worten, an Sätzen, an der Erzählung erfreuen, wo ich gleichzeitig stündlich im Fernsehen die Bilder vom Krieg sehe? Nach einigen Tagen habe ich das Schreiben wieder aufgenommen. Was ich vor dem Kriegsbeginn zu Papier gebracht hatte, habe ich nicht geändert, auch wenn ich mich ein wenig für meine Naivität schäme, mit der ich den heraufziehenden Konflikt betrachtet hatte. Meine Erinnerungen an die Ukraine und die Ukrainer habe ich nach dem 24. Februar 2022 aber dann doch intensiver beschrieben, als ich es ohne den Krieg gemacht hätte. Ich danke den Charakteren, die für meine Erzählung herhalten mussten, und hoffe, dass sie alsbald ihr altes Leben wiederfinden können, dass sie den Mut und die Kraft haben, ihr wundervolles und warmherziges Land wiederaufzubauen!

Frankfurt, den 19. April 2022
Olaf Goldammer